Elfi Sinn

Jetzt ist aber Schluss!

Unmögliche und fantastische Geschichten 3

Bibliografische Information der Deutschen Nationalbibliothek:
Die Deutsche Nationalbibliothek verzeichnet diese Publikation in
der Deutschen Nationalbibliografie; detailierte bibliografische Da-
ten sind im Internet unter http://dnb.dnb.de abrufbar.

© 2019 Elfi Sinn

Herstellung und Verlag:

BoD – Books on Demand, Norderstedt

Titelfoto: Petra Seemann/Matthias Handrek

ISBN: 9 783 749 465 569

Inhaltsverzeichnis

Plötzlich war alles einfach!

„Wenn ich nicht hinsehe, bin ich schlank!" Mit dieser Botschaft im Hinterkopf flanierte Lena Hoffmann durch die Stadt, etwas, das sie höchst selten machte.

Sie schlenderte ganz lässig und leicht die Einkaufsstraße entlang und freute sich über das wunderbare Frühlingswetter. Endlich schien die Sonne wieder und alles war hell und klar.

Natürlich schaute sie die Auslagen in den Schaufenstern an, achtete aber sehr genau darauf, sich nicht zu spiegeln, um auf keinen Fall ihre 15 kg Übergewicht wahrzunehmen. Sie wusste nicht nur, dass es zu viel war, sie spürte es ja auch jeden Tag. Ob es wohl immer noch 15 kg zu viel sind, überlegte sie, denn genau wusste sie es nicht. Bei der erwähnten Kilozahl hatte sie der Waage die Freundschaft gekündigt und sie mit Schwung entsorgt. Eigentlich sollte ich doch mal wieder, vielleicht....

Während sie noch nachdachte, trat sie vor ein neu gestaltetes Schaufenster mit atemberaubenden Kleidern und in diesem Moment traf sie ein Sonnenstrahl von der Seite. Entsetzt hielt sie den Atem an und starrte auf die Scheibe, die ihre Figur deutlich widerspiegelte. Aber was war das?

Als ob unsichtbare Kräfte ihren Körper formen würden, verschwanden die überflüssigen Pfunde und sie war schlank! Natürlich waren ihre Kurven noch da, aber der Bauch, der die Brust fast überholt hatte, war wieder flach wie vor ihrer Hochzeit. Und um die schlanken, straffen Schenkel und diese Wahnsinns-Taille würde sie jeder beneiden! Lena blieb vor Erstaunen der Mund offen stehen, sie war schlank, richtig schlank! Begeistert näherte sie sich dem Schaufenster, um jede angenehm gestraffte Rundung zu bewundern, ...da fiel sie plötzlich und landete genau vor ihrem Bett. Im Fallen hatte sie sich natürlich auch noch den Kopf an der Marmorplatte ihres antiken Nachttisches gestoßen.

Enttäuscht rappelte sie sich hoch und rieb die schmerzende Stelle an ihrem Hinterkopf. Wieder nur ein Traum! Aber bereits der dritte seiner Art.

Wenn man so etwas dreimal träumte, dann musste das doch etwas zu bedeuten haben oder? Wo blieb eigentlich das Universum, wenn man solch tiefgründige Fragen hatte?

Wenn Lena ehrlich mit sich war, dann wusste sie, weshalb sich ihr bewusstes Denken am Tag und auch das Unbewusste in der Nacht mit dem Thema Schlankheit beschäftigten. Seit sie ihren Exmann Arthur mit dieser Model-Schönheit in der Stadt gesehen hatte, war sie von diesem Thema fast besessen.

Wie schon früher, beharrte sie auf ihrer Überzeugung, wenn sie damals nur schlanker gewesen wäre, hätte er sich nie scheiden lassen. Er hatte sie zwar auch schon früher verlassen, war aber immer zu ihr zurückgekehrt, wenn er wieder Mal eine neue Studentin oder

Assistentin in sein Bett bekommen hatte und kurze Zeit danach die Ernüchterung einsetzte. Vielleicht brauchte er auch das Verwöhnen und die Streicheleinheiten, die nur sie ihm geben konnte.

Und sie hatte ihn auch jedes Mal wieder zurückgenommen, ohne Fragen, ohne Vorwürfe, weil dieser Mann einfach ihr Schicksal war. Auch sie war einmal eine seiner Studentinnen gewesen, hatte sich rettungslos in ihn verliebt und geglaubt, dass das Glück nie enden könnte. Wahrscheinlich war das damals allen Studentinnen so gegangen, als der neue Dozent für Kunstgeschichte den Hörsaal betrat.

Ein große, schlanke, gut durchtrainierte Gestalt, ein markantes Gesicht, schimmernde, schwarze Haare, die an den Schläfen bereits grau wurden.

Aber das, was am meisten beeindruckte, waren seine silbergrauen Augen, die jeden in ihren Bann zogen. Lena natürlich ganz besonders. Frauen jeden Alters waren hinter ihm her, aber nur sie nahm einen besonderen Platz in seinem Leben ein.

Allerdings nicht lange. Vermutlich hatte er sie schon zu Anfang ihrer Ehe betrogen. Aber Lena war so verliebt, dass sie es erst nach Jahren bemerkte.

Zu diesem Zeitpunkt war sie jedoch noch nicht bereit, ihn aufzugeben, denn Arthur konnte, wenn er da war und sich auf sie konzentrierte, verdammt charmant sein und einer Frau das Gefühl geben, die Einzige zu sein, auch wenn sie es besser wusste. Und jedes Mal, wenn er wieder ging, suchte sie Trost in Süßigkeiten. Das aber nahm die blöde Waage ihr übel. Auch wenn Lena immer wieder tapfer eine neue Diät begann, folgten ihr jetzt die Kilos, wie ein Schwarm Mücken. Kaum hatte sie eins verloren, waren schon wieder neue da.

Gerade als sie ihren sechzigsten Geburtstag vorbereitete, wurde sie von Arthur eiskalt und ohne Vorankündigung mit den Scheidungspapieren überrascht. Er hatte eine wohlhabende Künstlerin gefunden, natürlich schlank, und lebte seit dieser Zeit mit ihr in ihrem großen Haus am See.

Ja, Lena war sich sicher: Das konnte nur an den verflixten Kilos gelegen haben, die sich immer wieder an Hüfte und Taille festgesetzt hatten. Wenn sie wieder schlank wäre, käme auch ihre Welt wieder in Ordnung. Dieses Gefühl hatte er ihr auch vermittelt, wann immer er sie besuchte, um sich bei ihr über seine „Jetztfrau" zu beklagen und eine „ordentliche" Mahlzeit zu genießen.

Als sie ihn in der Stadt mit seiner neuen „Neuen" gesehen hatte, war das wie ein Stich in ihr geplagtes Herz gewesen.

Musste er denn immer noch so gut aussehen? Wäre eine entstellende Narbe zu viel verlangt? Oder wenigstens einen Rettungsring um die Hüften? Aber nein, er war schlank und durchtrainiert wie immer, während sie schon wieder zugelegt hatte, obwohl sie den schwierigen Umzug in die kleinere Wohnung meistern musste.

Es grämte sie immer noch, dass sie in diesem Moment nicht so umwerfend ausgesehen hatte, dass ihm die Gesichtszüge entglitten wären.

Aber jetzt hatte sie ja Zeit, sich um ihre Figur zu kümmern. Zum ersten Mal seit Wochen empfand Lena ihren Vorruhestand als hilfreich und passend. Bisher hatte sie sich eher nutzlos und abgeschoben gefühlt, seit der Kultur-Amtsleiter ihr den Vorschlag unterbreitet hatte.

Vorschlag, ha, sie schnaubte angewidert. Er musste Arbeitskräfte freisetzen und hatte sie mit ihren 63 Jahren schon als überflüssig empfunden. Sie hatte gerne im Kulturbereich gearbeitet, war aufgegangen in ihrer Tätigkeit, vor allem mit bildenden Künstlern. Aber heute war ja alles anders, es mussten spektakuläre Events her, die Aufsehen brachten. Eine behutsame Förderung von Talenten war da nicht mehr gefragt.

Doch jetzt war es gut, so wie es war. Jetzt hätte sie die Zeit eine tolle Diät zu machen, vielleicht auch ein bisschen Sport?

Als sie sich nach dem Duschen mutig im Spiegel betrachtete und ihre Blicke wie immer abschätzig an ihrem runden Bauch hängenblieben, bestätigte sie diesen Gedanken innerlich. Sport musste definitiv sein! Sonst fand sie sich noch ganz passabel. Ihre blonden Haare hatten immer noch ihren honiggoldenen Glanz, natürlich vom Frisör, und betonten ihre jadegrünen Augen, die sie gerade etwas ironisch verdrehte. Gut, die Wangen waren etwas molliger geworden, aber damit auch faltenfreier. Nur Bauch und Hüften brachten sie schon beim Hinsehen zum Stöhnen.

Offensichtlich gehörte sie zu den Frauen, die nur an Kuchen vorbei gehen mussten, um ihn an den Hüften zu haben. Und dort schien er auch bleiben zu wollen. Lena strich mit ihren Händen über den Bauch. Einziehen half da nicht mehr, es musste sich unbedingt etwas ändern, zehn Kilo oder besser zwanzig mussten weg.

„Ab heute keine Süßigkeiten mehr!" Lena dachte kurz nach, das hatte sie sich schon öfter vorgenommen, aber heute war es ihr wirklich ernst.

Jetzt ist Schluss damit, mit Kuchen, mit Pralinen, am besten mit allem! Noch beim Frühstück überlegte Lena, wie genau sie denn dieses neue schlankere Leben anfangen könnte. Ein Buch mit Anleitungen? Das hatte sie schon probiert und die Diäten in den bunten Blättern wirkten doch sowieso nur bei Frauen um die dreißig. Also wie?

Da fiel ihr ein Plakat ein, das sie unterwegs in einem Schaukasten gesehen hatte. Ganz schön altmodisch, wer machte denn heute noch so was? Bestimmt gab es dazu auch eine Ankündigung im Internet? Oder?

Lena begann zu lächeln und zog die Sportschuhe an, die sie bei ihrem letzten Abnehm-Versuch gekauft hatte. Sie könnte ja auch zu dem weißen Haus laufen, richtig, dort saßen die *Silver Girls*. Die Vorträge waren zwar für 65-jährige gedacht, aber die zwei Jahre würden nicht so sehr ins Gewicht fallen. Sie grinste über ihr eigenes Wortspiel und hoffte, dass die zweite Satzhälfte in ihrem Unterbewusstsein hängenblieb.

Das Haus, das sie nach zwanzig Minuten straffen Gehens erreichte, sah etwas sonderbar, aber sehr gepflegt aus. An ein größeres Wohnhaus schloss sich ein langgestreckter Flachbau an, dessen Wände strahlend weiß mit den vielen bunten Frühlingsblumen um die Wette leuchteten. Im Garten, der das Haus großzügig umgab, schien ein Fachmann am Werk zu sein, überlegte Lena. Ihr selbst fehlte der berühmte grüne Daumen. Aber ihr künstlerisch geschulter Blick konnte die meisterhafte Komposition der Farbenvielfalt von Tulpen, Narzissen, Ranunkeln und Tausendschönchen wahrnehmen und anerkennen.
Über der Eingangstür stand auf einem großen Schild *Zu den Silver Girls – Treffpunkt für Junggebliebene*. Lena lächelte und fühlte sich direkt angesprochen.
Im Haus traf sie erstaunlicherweise sofort genau die richtige Frau: Annie, Köchin und Ernährungsberaterin. „Ich muss unbedingt abnehmen und das möglichst schnell. Wann beginnt euer Kurs?" „Na, du hast es ja eilig", lächelte die rothaarige Annie. „Aber du kommst

genau richtig. Morgen beginnt wieder die Vortragsreihe für unser *Programm 65 – Na und!* und der erste Vortrag befasst sich mit Ernährung. Gezielter geht es dann in Seminaren bei mir weiter. Brauchst du noch genauere Informationen?" „Nicht notwendig, ich nehme auf jeden Fall beides."

Mit sich und ihrem schnellen Entschluss höchst zufrieden, trug sich Lena in die Teilnehmerliste ein und machte sich dann auf den Heimweg.

Weil das Wetter so schön war, beschloss sie noch einen längeren Umweg zu riskieren und stellte erst zuhause fest, dass sie heute gar nicht an ihrem Lieblingsbäcker vorbeigekommen war. Eigentlich gar nicht so schlecht, dachte sie. So kann das neue, schlankere Leben sofort beginnen.

Bisher wurde sie immer schon von dem Duft des Gebäcks wie magisch angezogen, der Duft, der sie willenlos machte. Das betonte sie hinterher, wenn sie mindestens zwei Stück Kuchen oder mehrere Kekse verschlungen hatte und sich das schlechte Gewissen meldete, wie üblich zu spät.

„Aber jetzt wird ja alles anders, alles besser!" Der Spiegel, in den sie sprach, schien unbeeindruckt von ihrem Optimismus, widersprach ihr aber auch nicht. Also holte sie ihre Wii-Spielekonsole aus der hintersten Ecke des Kleiderschranks, um sich todesmutig wiegen zu lassen. Sie keuchte empört auf, als sie sah, dass sie nun schon 18 kg von ihrem Wunschgewicht entfernt war, schluckte dann aber stoisch und ließ sich auch nicht von dem nervenden Hinweis „Iss bloß nicht so viel!", provozieren.

Nach drei Minuten Jogging war sie zwar erschöpft, doch sehr zufrieden mit sich und gönnte sich zur Belohnung Zeit mit einem neuen Buch und grünem Tee in ihrem Lesesessel. Grüner Tee sollte ja auch schlank machen, hoffentlich!

Annies Vortrag am nächsten Tag stärkte ihren Optimismus. So schlimm würde das alles gar nicht werden. „Um gesund zu sein und auch das eine oder andere Kilo loszuwerden, sollte man fünf Dinge beachten", hatte Annie erklärt und an den Fingern ihrer erhobenen Hand abgezählt. „Viel Bewegung, das richtige Essen, in ausreichender Menge, zur richtigen Zeit und mit den Inhaltsstoffen, die wir mit 65 plus unbedingt brauchen. Für die Bewegung verweise ich auf unsere Laufgruppen und die Line-Dance-Kurse, aber mit allen Anforderungen an das richtige Essen, werden wir uns heute und in den Seminaren nicht nur beschäftigen, wir werden es auch zubereiten und verkosten."

Lena sah sich verstohlen um, die meisten Teilnehmer lauschten hingerissen und hoffnungsvoll Annies Erklärungen. Vermutlich kam eine größere Anzahl aus dem nahegelegenen Seniorenprojekt. Dazu war ihr schon ein Artikel in der Lokalzeitung aufgefallen, bevor sie in die kleine City gezogen war.

Eine Genossenschaft hatte einen interessanten Modellversuch ge-

startet und in einem kleinen Park in der Nähe des Sees, vier Wohn-
blocks mit jeweils sechs Etagen errichtet, in denen ausschließlich
ältere Alleinstehende lebten. Offensichtlich schien ihnen das gut zu
bekommen, denn einige der zahlreich vertretenen Männer, sahen
ausgesprochen gut aus, graumeliert oder auch mit polierter Platte,
aber ziemlich unternehmungslustig.

Vor allem einen, dessen kantiges, schmales Gesicht gut zu seiner
weißen Mähne passte, fand sie interessant. Lena schaute schnell
wieder auf ihren Block, als ihr der, den sie gerade gemustert hatte,
lächelnd zuzwinkerte. Um Himmels Willen, das fehlt mir gerade
noch, rief sie sich innerlich zur Ordnung. Männer machen nur
Probleme!

Und das wichtigste war jetzt eine schlankere Figur, also konzentrierte sie sich wieder auf Annie. Doch ausgerechnet die, erklärte
gerade die Umstellung der Ernährung auf den Bedarf von 65 plus
mit dem Wort Love, also Liebe. Das war doch verrückt, aber irgendwie auch faszinierend, überlegte Lena und notierte:

L – Lieblingsrezepte entschärfen;

O- Omega-3-Fettsäuren für die Gelenke, stabile Stimmung und
geistige Leistungsfähigkeit;

V – Vitamine, besonders wichtig sind B, C und D;

E - Eiweiß oder besser Proteine für alle wichtigen Reparaturpro-
zesse im Körper.

Das dürfte kein Problem werden.

Davon war Lena auch noch am nächsten Morgen überzeugt, als sie einkaufen ging. Viel Gemüse und Obst hatte ihnen Annie ans Herz gelegt und die Leute, die sich schon mittags von Kuchen ernährten, *Pudding-Vegetarier* genannt. An dieser Stelle hatte Lena beschämt nach unten gesehen. Sie hatte sich in letzter Zeit auch kaum noch die Mühe gemacht, frisches Essen zuzubereiten und außerdem schmeckte ihre Lieblingstorte *Schwarzwälder Sahne* einfach himmlisch.

Schon der Gedanke daran, ließ sie seufzen. Nein! Jetzt konzentrieren wir uns auf das Abnehmen. Die Torte kann ich vermutlich nicht entschärfen, überlegte Lena auf dem Weg. Aber die tolle Spaghetti-Pilz-Pfanne nach *Sophia Loren* käme auch in Frage. Wenn ich die Nudeln wegen der Stärke durch Sojasprossen ersetze, könnte ich den Rest so lassen.

Ganz in der Nähe hatte sie einen kleinen Bio-Laden entdeckt. Da würde sie fündig werden. Überrascht sah sie sich kurze Zeit später in dem blitzsauberen Laden um. Das war ja ein Riesenangebot. Sie nahm sich einen Korb, der schon höchst interessant aussah, Bambus mutmaßte sie und machte sich auf die Suche. Zuerst Omega-3-Fettsäuren! Wenn sie fehlten, hatte Annie betont, würde das Gehirn an einer Art Schnupfen leiden und könnte dann das Sattwerden nicht richtig „riechen“ oder wahrnehmen. Die Folge wäre, man würde endlos weiter essen.

Also wo war das Wundermittel? Als Lena eine kleine Bewegung an ihrem Korb wahrnahm und nachsah, lag dort schon ein kleines Fläschchen Leinöl mit den bewussten Omega-3-Fettsäuren. War das in ihren Korb gesprungen?

Sonderbar, sie konnte sich nicht daran erinnern, es ausgewählt zu haben. Wahrscheinlich warst du abgelenkt, beruhigte sie sich und wandte sich dem Riesenangebot in der Gemüseabteilung zu. Wie sollte sie denn bloß die richtigen Sorten finden, wo ihr doch jetzt schon das meiste fremd war?

Die Sprossen hatte sie relativ schnell entdeckt, allerdings hießen sie Mungobohnen-Sprossen. Egal, wichtig war, dass sie so gut wie keine Kalorien mitbrachten.

Jetzt noch frische Champignons, Knoblauch und Kräuter. Vielleicht noch etwas mit Vitamin C dazu?

Ratlos sah sich Lena um und stutzte. Hatte ihr jetzt gerade eine Paprikaschote zugezwinkert oder wurde sie verrückt? Vorsichtig schaute sie sich um. Niemand da, also kein Scherz vor versteckter Kamera. Sie schaute noch einmal hin. Wieder dieses Zwinkern, wie eine Aufforderung: Nimm mich mit! Gleichzeitig begann ihre Beule am Hinterkopf zu pochen.

Gab es da einen Zusammenhang oder hatte sie als Kind zu oft das Märchen von Frau Holle gehört, in dem auch die Äpfel riefen? Genau in dem Moment rührte sich auch ein besonders schönes Exemplar davon und erinnerte Lena daran, dass sie für ihr Muntermacher-Müsli am Morgen noch einen Apfel brauchte.

Irgendwie war das doch sehr komisch, konnte sie plötzlich mit Obst und Gemüse kommunizieren?

Sie beschloss das zu testen. Was würde sie denn brauchen, um den Bedarf an B-Vitaminen abzudecken?

Schon der Gedanke allein, verursachte solche Kollisionen in den Gemüsefächern, vor allem bei den dunkelgrünen Gemüsen, bei Nüssen und Kernen, dass Lena unheimlich zumute wurde. Sie schnappte sich Brokkoli und Mangold aus dem Regal und im Vorbeigehen auch noch einige Scheiben Putenbraten, bezahlte und verließ den Laden, ehe ihr die Pute auch noch antworten konnte.

Erschüttert machte sie sich auf den Heimweg, wurde aber beim Gehen wieder ruhiger. So etwas kann es doch gar nicht geben! Vielleicht hat die Beule am Hinterkopf doch mehr Schaden angerichtet? Oder es waren Luftspiegelungen, aber keineswegs gefährlich. Sie musste fast kichern, als sie sich an das Geschehen im Laden erinnerte. Was mag sich das Universum bloß dabei gedacht haben? Vielleicht waren es ja auch versteckte Hinweise, die sie noch entschlüsseln musste. Es musste auf jeden Fall etwas mit dem Abnehmen zu tun haben, denn das war zurzeit ihr wichtigstes Anliegen.

Wenn nicht schon wieder dieser Duft wäre, stöhnte sie innerlich.

Denn ganz aus Gewohnheit hatte sie den üblichen Heimweg gewählt und der führte am Bäcker vorbei. Ich will ja nichts kaufen, versprach sich Lena, nur mal ins Schaufenster sehen.

Als sie dichter an die Scheibe trat, sah sie die ganze Pracht der süßen Sünden, von der geliebten Schwarzwälder-Sahne-Torte bis zur Holländischen Kirsch-Rum-Torte, rosafarbene Biskuit-Rollen, üppige Donauwellen, sahnigen Schneewittchen-Kuchen, Honig- und Marzipangebäck und leuchtend bunte Cupcakes. Lena fühlte, wie sich auf ihrer Zunge so langsam eine Pfütze bildete und schmachtete die süßen Verführungen an.

Plötzlich wurde es dunkler, die Auslagen schienen graubraun zu werden und ein Eigenleben zu entwickeln. Die Holländische Kirsch-Rum-Torte, die vorher mit schneeweißer Creme vor dem Kirschrot geleuchtet hatte, nahm eine gelbbraune, kränkliche Farbe an und fiel in sich zusammen. Die Cupcakes zerbröselten zu grauem Staub und bildeten mit den Donauwellen eine schlammähnliche graubraune Masse. Lena stockte der Atem vor Entsetzen, als die Schwarzwälder-Sahnetorte anfing, sich zu bewegen, rasch anschwoll und explodierte. Heraus floss ein grüngelber ekliger Schleim, der fast alles in der Auslage bedeckte.
So sah also das unheilvolle Trio von Weißmehl, Zucker und Fett wirklich aus, vor dem Annie so eindringlich gewarnt hatte.
Während sich die grüngelbe Schlammlawine über die letzten Ge-

bäckstücke wälzte, wurde Lena übel.

So schnell sie konnte, rannte sie davon, nur weg von diesem Geschäft und bloß nie wieder hin. Auch zuhause schüttelte sie sich noch voller Ekel.

Diese Halluzination hatte ihr den Rest gegeben. Das konnte doch nicht wirklich passiert sein! Aber in der Bäckerei nachzufragen, das traute sie sich auch nicht. Also beruhigte sie sich mit einem grünen Tee und versuchte im Internet klüger zu werden.

Niemand schilderte solche Erscheinungen wie sie sie erlebt hatte, aber ziemlich schlüssig erschien ihr die Theorie über eine somatische Intelligenz.

Danach sollte der eigene Körper am besten wissen, welche Nahrungsmittel gebraucht und auch gut verträglich wären. Manche Menschen schnupperten dafür an Lebensmitteln, anderen fiel das Richtige ins Auge und sie, na ja, sie kommunizierte eben mit ihnen.

Es gibt ja auch Leute, die mit Blumen reden und das hilft ja auch, beruhigte sie sich.

Am Mittag hatte sie schon wieder Appetit und ihre entschärfte Sprossenpfanne mit Champignons und Knoblauch schmeckte ihr ausgezeichnet. Als sie aber zum Kaffee aus Gewohnheit nach ihren Lieblings-Pralinen greifen wollte, wurde ihr wieder übel.

Zu deutlich war das Erlebnis an der Bäckerei noch in ihrem Gedächtnis, also keine Süßigkeiten.

Ob das wohl eine Art Orientierung sein soll? Wenn etwas zwinkert oder einladend erscheint, greife ich zu, aber wenn mir übel wird, heißt das: Finger weg!

Damit müsste das Abnehmen doch ganz einfach sein. Wenn es auch wirklich so weitergeht, vielleicht…

Obwohl sie immer noch nicht so richtig glauben konnte, was ihr da passierte, blieb Lena beim nächsten Einkauf im Bio-Laden schon gelassener, Es lief das gleiche Spiel. Sie überlegte, was sie für die nächsten Mahlzeiten brauchte und die richtigen Zutaten drängten sich zu ihr wie zutrauliche Haustiere. Total irre!

Als ihr ein Wildlachs an der Fischtheke zuzwinkerte, schaute sich Lena misstrauisch um. Offensichtlich konnte nur sie dieses Phänomen wahrnehmen, denn die Verkäuferin blieb völlig unbeeindruckt. Das beruhigte Lena ungemein.

Erstaunlich war auch, dass es Dinge gab, wie Kartoffeln oder Rosenkohl, die sich vor ihr regelrecht zurückzogen, obwohl sie allgemein als sehr gesund galten. „Die eine Ernährung, die richtig für alle ist, gibt es nicht!" Das hatte Annie erklärt und Lena verstand das jetzt erst richtig.

Bis zum ersten Seminarabend nach einer Woche hatte sie bereits ein Kilo abgenommen. Das war nicht viel, aber sie freute sich so, als ob es schon zehn Kilos wären. Die Abwärtskurve hatte begonnen und so konnte es weitergehen. Annie hatte sie im Seminar sehr gelobt und sich mit ihr über das schnelle Ergebnis gefreut.

Ein tolles Gefühl! Lästig war nur, dass sich der Zwinkerer vom letzten Mal neben ihr niedergelassen hatte. Gut sah er ja aus.

Und er hatte hellgraue Augen, eine Farbe, bei der sie leicht schwach werden könnte.

Aber jetzt hatte sie ein anderes Ziel und keine Zeit für Flirts, auch nicht für harmlose.

Doch auch in der morgendlichen Walkinggruppe, der sie sich mutig angeschlossen hatte, drängte er sich an ihre Seite.

„Ich bin Frederick, meine Freunde nennen mich Rick."

„Dazu gehöre ich vermutlich nicht." Lena gab sich bewusst kühl und abweisend. Ricks Mundwinkel zuckten leicht nach oben. Ganz schön biestig, die Kleine, dachte er, setzte aber ungerührt fort.

„Wir haben eine kleine Gruppe gebildet, die sich für Kunst interessiert. Wir besuchen Museen, Galerien oder Vernissagen, manchmal auch ein Atelier direkt. Wir hätten dich gerne dabei, würde dich das interessieren, Lena?"

Eigentlich wollte sie nur gelangweilt ablehnen, aber diese Gelegenheit konnte sie sich einfach nicht entgehen lassen. „Ja, gerne", strahlte sie ihn an, „das würde mich sehr freuen."

Auch er lächelte jetzt. „Wenn du mir deine Handy-Nummer gibst, kann ich dir alle Termine rechtzeitig senden." Lena freute sich wirklich, aber während er ihre Nummer speicherte, beschlich sie doch ein leichtes Misstrauen.

„Ich hoffe, das ist nicht nur ein Spruch, um mich anzubaggern.

Wer kommt denn noch außer dir?" Rick grinste, zeigte ihr aber dann Fotos der Gruppe vor einem Museum und bei einem offenen Atelierstag in einer Gemeinschaft von jungen Malern.

Lena bereute diese Entscheidung nie. Sie war nicht nur erfreut, sie war regelrecht von der Gruppe und den Möglichkeiten entzückt und tauchte gerne mit verwandten Seelen tiefer in ihre geliebte bildende Kunst ein. Rick blieb von da an immer an ihrer Seite, morgens beim Laufen, bei den künstlerischen Aktivitäten und bei den Seminaren, die Lena jetzt richtig gerne besuchte. Er freute sich mit ihr, als die ersten fünf Kilos verschwunden waren und lud sie zur Belohnung zu einem Klavierkonzert ein, bei dem fast alle Lieblingsstücke Lenas gespielt wurden.

Wie machte dieser Mann das nur? Er gab ihr mit Worten, Gesten und kleinen Geschenken immer das Gefühl, für ihn die wichtigste Person zu sein. Er war humorvoll, fürsorglich und interessierte sich wirklich für sie und ihre Wünsche, - aber er war nicht Arthur! Sicher, wenn er sie zur Begrüßung umarmte oder seine grauen Augen etwas begehrlicher blickten, spürte sie schon ein Kribbeln im ganzen Körper. Da schienen Organe aufzuwachen, die viel zu lange im Winterschlaf gelegen hatten, aber kein Vergleich dazu, wie ihr Herz und alles andere in Flammen stand, wenn Arthur sie umarmt hatte. Lena seufzte, Rick war einfach ein toller Freund, aber mehr nicht.

Als die Seminarreihe zu Ende ging, hatte Lena fast 8 kg abgenommen und fühlte sich so stolz, als hätte sie einen unbekannten Monet auf dem Dachboden entdeckt.

Natürlich würde sie weitermachen, denn genau genommen blieb ihr gar keine Wahl. Alles, was gut für sie war, drängte zu ihr und bei allem, mit dem sie sich schon früher nichts Gutes getan hatte, wurde ihr übel. Natürlich waren das strenge Regeln, aber sie fühlte sich damit bombastisch gut!

Ihr jadegrünes Lieblingskleid, das ihre Augen so gut betonte, passte jetzt wieder, genau wie viele andere liebgewordene Sachen. Sie war mehr als zufrieden, sie war fast glücklich.

Auch ihre Ärztin hatte erfreut die Gewichtsabnahme und die erstklassigen Blutwerte registriert. Mir geht es wirklich richtig gut, dachte Lena, während sie sich gerade die Hände wusch, nachdem sie die Balkonkästen mit leuchtendroten Duftgeranien bepflanzt hatte.

Als es klingelte, runzelte sie die Stirn. Rick konnte das nicht sein, der war außerhalb, um eine Wochenendfahrt für die Gruppe vorzubereiten. Oder er war schon heute wieder zurück?

Erwartungsvoll öffnete sie die Tür und stand Arthur gegenüber.

Er sah aus wie immer und musterte sie ausgiebig und interessiert.

„Du siehst toll aus", murmelte er und umarmte sie fest.

„Wie machst du das bloß? Du bist jedes Mal hübscher, schlanker und jünger!"

Lena war, als würde sie neben sich stehen. Das war doch der Moment, auf den sie so lange gewartet hatte. Das Interesse in seinen Augen, das hatte sie sich doch gewünscht!

Aber irgendwie war er ihr gleichgültig geworden, fast lästig.

Wie konnte denn so etwas sein? Als er die Wohnung betrachtete, sie dabei für ihren exquisiten Geschmack lobte und sie schon wieder begeistert umarmen wollte, wurde ihr fast übel.

„Was willst du?" Sie wunderte sich selbst, wie unhöflich sie zu ihm sein konnte.

Er spürte die Veränderung sofort. Wenigstens Taktgefühl hatte er noch, dachte sie „Ich habe mir Sorgen gemacht und wollte mich nur vergewissern, dass es dir gut geht. Aber wenn ich dir nicht willkommen bin, kann ich ja wieder gehen."

Jetzt ist er wirklich mal betroffen, wunderte sie sich insgeheim.

Aber sie hatte nicht die Absicht ihre Haltung zu ändern.

„Ja, das solltest du tun. Kümmere dich um deine Jetztfrau, deiner Exfrau geht es sehr gut."

Als er wirklich gegangen war, ließ sich Lena in ihren Sessel sinken, denn noch zitterten ihre Knie. Hatte sie soeben ihre einzige große Liebe weggeschickt? Nur seinetwegen war sie doch zu einem Abnehm-Kurs gegangen. Jetzt hatte sie was sie wollte, aber für wen? Den ganzen Abend grübelte sie darüber nach, bis sie ihr endlich eine Lösung einfiel.

Ich muss mit jemandem reden, der dieses Durcheinander versteht.

Gleich morgen werde ich bei den *Silver Girls* vorbei gehen und mir Rat holen.

Mit diesem Gedanken schlief sie beruhigt ein. Am nächsten Morgen verschlief sie, leider auch den Termin für die Laufgruppe.

Dafür erwachte sie am späten Vormittag ausgeruht und erfrischt, irgendwie schon etwas klarer im Kopf.

Nach einem kurzen Mittagessen zog sie ihre Laufschuhe an und suchte Rat bei den *Silver Girls*. Annie, die sie als erste traf, wunderte sich doch, sie schon wieder zu sehen.

Aber als ihr Lena das Problem mit ihrem Exmann schildern wollte, winkte sie nur ab.

„Für Beziehungskisten bin ich nicht die richtige Ansprechpartnerin. Ich bin nämlich mit meinem Kerl unverschämt glücklich. Aber ich weiß, wer dir helfen kann. Vera, die besucht sogar Psychologie-Seminare."

Den letzten Satz flüsterte sie hinter vorgehaltener Hand.

„Ich rufe sie gleich an." Als sie das Smartphone wieder in ihre Tasche gleiten ließ, wandte sie sich Lena zu.

„Sie kommt gleich. Magst du inzwischen einen Kaffee und ein Stück Kuchen?" Lena zögerte. „Einen Kaffee gerne, aber Kuchen? Ich weiß nicht…" Annie lachte nur. „Den Kuchen von Ellen kannst du beruhigt essen. Sie bäckt mit Kokosmehl, gutem Stevia und anderen Wundermitteln. Davon wirst du nicht dick."

Lena zögerte immer noch. Das grauenhafte Bild der explodieren-
den Torten hatte sich ihr fest eingeprägt. Aber dieser Kuchen
schien wirklich etwas Besonderes zu sein.

Auf einer dünnen Teigschicht drängten sich dicke Himbeeren und
Heidelbeeren. Das sah so frisch und appetitlich aus, dass Lena vorsichtig mit der Hand näher kam. Und tatsächlich, dieser Kuchen
zwinkerte ihr zu.

Glücklich nahm sie sich ein Stück und kostete. „Der ist toll, ich
brauche unbedingt das Rezept", rief sie Annie gerade zu, als Vera
auftauchte. Wow, die sieht ja gut aus, wie Daliah Lavi, dachte Lena
überrascht. Und nett scheint sie auch noch zu sein. Vera holte sich
auch einen Kaffee, setzte sich zu ihr und hörte sich ihre Geschichte
aufmerksam an.

„Ich kann dich gut verstehen", begann sie, als Lena geendet hatte.
„Ich habe mich auch als Studentin in meinen Dozenten verliebt und
ihn auch geheiratet. Bei mir ging es auch schief. Aber was genau,
möchtest du jetzt von mir wissen?"

Lena holte tief Luft. „Das habe ich bisher noch keinem erzählt.
Ich habe mir neulich den Kopf angestoßen und immer noch eine
kleine Beule am Hinterkopf. Seitdem wird mir übel, wenn ich etwas essen will, was mir nicht gut tut. Glaubst du, das könnte auch
bei Menschen so sein? Jedenfalls hatte ich gestern bei Arthur so
ein Gefühl. Könnte es sein, dass ich all die Jahre ein falsches Bild

von ihm hatte?"

„Das finden wir heraus", versicherte Vera, kramte in ihrer Mappe und schob Lena ein Blatt Papier und einen Stift zu. „Schreibe bitte 5 Merkmale auf, die ein Mann haben sollte, der wirklich zu dir passt." Lena musste nicht lange überlegen, ihr Stift flog nur so über das Papier, bis sie es zurückgab. Vera las laut vor:

1. humorvoll

2. fürsorglich

3. treu

4. liebevoll

5. kunstinteressiert

Sie lächelte. „Eine gute Wahl. Und wie viele Merkmale davon trafen auf deinen Exmann zu?"

Lena schaute betroffen auf das Blatt, jetzt konnte sie es auch deutlich sehen. „Eigentlich nur eins. Und das auch nur halb. Er war schon an Kunst interessiert, aber am meisten an sich selbst oder der Jagd nach der nächsten Frau. Und ich dachte immer, er wäre mein Schicksal. Deshalb habe ich wohl zu oft ein Komma gemacht, wo ich besser einen Punkt hätte setzen sollen. Aber damit ist jetzt Schluss! Also habe ich gestern alles richtig gemacht."

Sie strahlte Vera an. „Ich habe ihn zu seiner Jetztfrau geschickt und da soll er auch bleiben. Danke, du hast mir wirklich geholfen."

Lena war aufgesprungen und hatte Vera freudig umarmt.

Aber die war noch nicht fertig.

„Kann es sein, dass du jemanden kennst, auf den die Merkmale besser zutreffen würden? Zum Beispiel den, der gerade durch den Vorgarten kommt?"

Lena schaute durch das große Fenster und sah Rick, der auf das Haus zuging. Sie lächelte unwillkürlich, wie immer, wenn sie ihn sah.

„Ach, du meinst Rick? Wir sind nur Freunde. Er ist ja sehr nett und vielleicht könnte mehr daraus werden, nur sein Zwinkern macht mich nervös. Siehst du, so wie jetzt?"

Vera schaute sie überrascht an und dann wieder zurück zu Rick, der gerade freudestrahlend durch den Eingang kam.

„Er zwinkert doch gar nicht, aber er hat ein Lächeln von der Marke *Heiliger Strohsack*. Wie kannst du da widerstehen?"

Lena erstarrte, den Mund leicht geöffnet, aus dem nur ein leises „Oh" kam. Sie hatte Veras Bemerkung nur halb wahrgenommen, denn genau in dem Moment wurde ihr klar, was sie vorher nicht hatte sehen können und jetzt fiel auch das letzte Puzzleteilchen an die richtige Stelle. Alles, was ihr gut tat, hatte ihr zugezwinkert und nur sie konnte das Zwinkern sehen.

Und Rick hatte auch…? Bei dieser Erkenntnis begannen die Schmetterlinge in ihrem Bauch endlich ungehindert hochzufliegen.

„Ja, dann ist es doch ganz einfach", flüsterte sie und stürzte sich in seine Arme.

Eine unerwartete Begegnung

„Fahr doch endlich, du Pfeife!" Der 40-jährige Tim Behrend war genervt. Er fuhr sich frustriert durch seine bereits dünner werdenden dunkelblonden Haare, die er sonst gekonnt über die lichten Stellen kämmte. Er hätte schon vor einer halben Stunde wieder in seinem Büro sein sollen. In 20 Minuten begann ein Meeting, das er eigentlich noch vorbereiten wollte.

Gereizt trommelte er mit den Fingern auf das Lenkrad. Alles wäre in Ordnung, wenn nicht ausgerechnet heute ein ausgesprochener Sonntagsfahrer vor ihm gewesen wäre.

Der schien sich offensichtlich nicht zu trauen, den schwerbeladenen LKW vor sich zu überholen.

Also bummelten sie Stunden auf einer Strecke, die er sonst in Minuten geschafft hätte. „Schon wieder dieser Stress", stöhnte er, während er bereits zum dritten Mal aufstoßen musste.

Wahrscheinlich hätte er den zusätzlichen Riesen-Burger doch nicht essen sollen. Der war eigentlich für später gedacht, bevor er nach der Arbeit noch einen alten Kumpel auf ein Bier treffen wollte.

Bei diesem Gedanken erinnerte er sich mit einem leichten Schrecken auch daran, dass er seiner Frau versprochen hatte, heute endlich das Regal in der Küche anzubringen, das sie schon seit einiger Zeit immer wieder zur Erinnerung in sein Blickfeld gelegt hatte.

Isabell würde natürlich sauer sein, wenn er später kam. „Frauen!"
Tim schnaubte schon wieder genervt. Die hatten doch sowieso kein
Verständnis dafür, dass ein richtiger Mann auch seine Männer-
freundschaften pflegen musste.

Na ja, gestern war es auch spät geworden, als er von der Bowling-
bahn kommend, mit drei anderen in der Kneipe versackt war. Dabei
waren sie gar nicht zum Bowlen gekommen, weil Freddy gleich
eine gepflegt Geburtstagslage geordert hatte und bis sie sich an alle
Streiche aus seinem vierzigjährigen Leben erinnert hatten, war die
Spielzeit für ihre Bahn schon vorüber gewesen. Den Brummschä-
del hatte er immer noch und irgendetwas mit dem Magen schien
auch nicht in Ordnung zu sein. Sonst konnte er reinhauen wie ein
Pferd, was er auch meistens tat.
Aber seit einiger Zeit spannte der Hosenbund, den Isabell weiter
gemacht hatte, auch schon unterhalb des Bauches. Und er hatte ein
ungutes Gefühl, weil es in seinem Oberbauch so sonderbar grum-
melte, schob das aber gekonnt beiseite. „Na und", knurrte er. „Zwischen Leber und Milz passt immer noch ein Pils."
Dann widmete er sich wieder dem vorausfahrenden Auto.
„Natürlich hat er auch noch einen Hut auf!"
Hutträger und Frauen am Steuer regten ihn prinzipiell auf.
Wenn es möglich gewesen wäre, hätte er diesen Sonntagsfahrer am
liebsten angeschoben. Er warf einen Blick auf die Uhr und zuckte

zusammen. Jetzt begann sein Meeting und alle würden sich fragen, wo er sei. „Mist!" Erneut schimpfte er mit Blick auf den Fahrer vor ihm, dann entschied er sich, einfach zu überholen.

Hier war doch sowieso kaum Gegenverkehr, dachte er als er das Tempo stark erhöhte, um an beiden Fahrzeugen vorbei zu kommen.

Zufrieden den LKW endlich hinter sich gelassen zu haben, bemerkte er zu spät die scharfe Kurve, die da eigentlich nicht sein sollte.

Er versuchte den Wagen noch in den Griff zu bekommen, doch die Fliehkraft war stärker.

Als er wahrnahm, dass der Wagen über den Abhang geschleudert wurde, warf er nur noch entsetzt die Hände vors Gesicht. Er hörte noch ein Knirschen und Poltern, dann nichts mehr.

Irgendwann kam er wieder zu sich und quälte sich hinter dem Airbag hervor, immer noch erstaunt, dass er sich bewegen konnte und kein Blut floss. Erstaunt sah er vor seinem Auto einen älteren Mann in einem Monteurs-Overall stehen. „Wollen Sie das Auto abschleppen? Wer hat Sie denn so schnell informiert?"

Der Mann sah ihn nur verächtlich an. „Willst du mich auf den Arm nehmen, du Idiot? Was hast du dir eigentlich dabei gedacht, zwei Autos überholen zu wollen und das in einer Kurve? Wenn ich nicht schnell diese Riesenhecke hierhin gesetzt hätte, würdest du da unten liegen und sie könnten dich vom Boden kratzen!"

Tim stotterte, zum Teil vor Aufregung und zum anderen Teil weil er völlig verwirrt war. Der Mann hatte eine Hecke versetzt, um ihn zu retten? War er in einem Paralleluniversum gelandet?

„Wer, wer sind Sie denn überhaupt?" „Na was glaubst du denn? Ich bin Angelo, dein Schutzengel. Und das nicht besonders gerne, denn du machst mich echt fertig. Denkst du, du könntest einfach unter Kleinanzeigen inserieren *Suche neuen Schutzengel. Meiner ist mit den Nerven am Ende!* So läuft das bei uns nicht!"

Tim schwieg. Entweder war der verrückt oder er schlimmer verletzt als er angenommen hatte. Aber da er sowieso Hilfe brauchte, um von diesem Abhang wegzukommen, versuchte er es diplomatisch.

„Mein Schutzengel also. Müsstest du nicht so ein lila Kleid tragen? Das habe ich irgendwo gelesen."

„Hast du sie noch alle? Ich und ein Kleid? Wir sind Kämpfer, wir tragen keine Kleider, höchstens ein Schwert, ein Lichtschwert."

„So was wie in Matrix?"

Jetzt lächelte der Mann. „"Ja so was, aber mit wesentlich mehr Durchschlagskraft, wenn du verstehst was ich meine."

Und plötzlich zog er genau eine solche Waffe, Tim zuckte erschrocken zurück. Aber der sonderbare Mann teilte mit dieser ungewöhnlichen Waffe nur einen dürren Baum und ließ sie dann wieder verschwinden.

„Das war nur eine kleine Demonstration, damit du verstehst, dass ich es ernst meine. Wir Schutzengel kommen aus den Reihen der

Malachim. Wir schützen euch, meist vor euch selbst, aber noch lieber verstehen wir uns als eure Lehrer. Wir wollen euch helfen, ein gutes Leben zu haben, aber wir handeln nicht für euch.

Das heißt im Klartext, wir verhindern weder Faulheit noch Dummheit. Eigentlich müsste ich dich sofort mitnehmen, so wie du dein Leben wegwirfst."

Tim verstand die Welt nicht mehr. Er war immer noch benommen von dem Unfall, geschockt durch die Kraft des Lichtschwerts und jetzt auch noch diese Ankündigung. So langsam kroch ihm das kalte Grauen an der Wirbelsäule hoch. Jetzt musste er retten, was zu retten war.

„Ich werfe doch mein Leben nicht weg. Ich hatte es eilig, das kommt von dem ewigen Stress. Und faul bin ich auch nicht. Ich nehme fast jeden Abend noch Unterlagen mit nach Hause. " Seine Stimme war nicht mehr so fest, wie er sich das gewünscht hätte und er antwortete hastig, um sich ja nicht an die genannte Alternative zu erinnern.

„Na klar, damit reden sich doch alle raus." Angelo schüttelte den Kopf. „Ich bin nicht dein Chef und nicht deine Frau. Die kannst du vielleicht ungestraft belügen, bei mir kannst du dir das sparen. Du bist zu spät losgefahren, weil du zu lange und zu viel gegessen hast. Und das ist nicht alles, was mich ärgert. Du schaffst deine Aufgaben nicht, weil du nicht organisiert bist. Du bist zu dick, du trinkst zu viel, du bist zu steif. Damit ist jetzt Schluss! Wann warst du das letzte Mal bei einem Arzt?"

Tim schaute betreten nach unten, es war lange her, dass ihm jemand so die Leviten gelesen hatte. Er wollte gerade widersprechen, als ihm das Lichtschwert wieder einfiel.

Schnell konzentrierte er sich auf die Frage. „Arztbesuch? Keine Ahnung, das müsste meine Frau wissen."

„Oh, ihr Männer!" Angelo hob dramatisch die Arme. „Was wärt ihr ohne eure Frauen! Ihr solltet den Boden küssen, über den sie gehen! Und wisst ihr sie zu schätzen? Nein! Weißt du wie froh wir wären, wenn wir welche haben dürften?"

Fast schwärmerisch fuhr er fort. „Schon das Wort Frau ist etwas besonderes, F-wie fabelhaft, R-wie reizvoll, A-wie allwissend und U-wie umwerfend. Und ihr? Ihr macht Köchinnen, Putzfrauen und Terminkalender aus ihnen. Schon dafür müsste ich dich bestrafen. Weißt du eigentlich wie viel deine Frau leisten muss?" „Stimmt schon", gab Tim betreten zu, „aber wir Männer müssen auch ziemlich viel arbeiten."

Das brachte Angelo erst richtig in Wut. „Natürlich müssen Männer meistens mehr arbeiten", grollte er, „weil Frauen es gleich beim ersten Mal richtig machen!"

„Ist ja gut." Tim hob beschwichtigend die Hände. „Du hast natürlich recht. Ich halte wirklich auch sehr viel von Frauen und über alles andere können wir doch bestimmt noch reden."

Bloß nicht das Lichtschwert, dachte er eigentlich, traute sich aber nicht es laut zu sagen.

„Gut, ich werde es noch einmal mit dir versuchen, wenn du mir versprichst, dein Leben gründlich zu ändern."

„Klar, das mache ich, sofort", stammelte Tim, der in diesem Moment alles versprochen hätte. Was genau erwartet wurde, war ihm nicht klar. Nur musste das der Engel ja gar nicht wissen.

„Du denkst, ich würde dir das so einfach abnehmen und wieder verschwinden?" Angelo schüttelte entschieden den Kopf.

„Weit gefehlt mein Freund! Ich bin ab heute dein Coach.

Ab heute werden Nägel mit Köpfen gemacht."

Tim war absolut nicht klar, was nach dieser Ankündigung auf ihn zu käme, aber er würde sich da schon durchwinden. Das hatte er bisher noch immer geschafft. Hauptsache, man signalisierte Bereitschaft und das tat er.

„Also", setzte Angelo an und strich sich über seine stahlgraue Mähne, „du rufst als erstes in der Firma an, sagst dass du einen Unfall hattest und heute nicht mehr kommst. Dann fährst du nach Hause und bringst das Küchenregal an. Unterwegs kaufst du noch einen Blumenstrauß und machst deiner Frau eine Freude. Schau nicht so bedeppert, dein Auto ist nur ein wenig zerkratzt, nichts Ernstes. Und der alte Kumpel und Bier sind heute gestrichen."

Tim, der seinen Opel Adam sorgenvoll betrachtet hatte, wusste nicht genau, wie ihm geschah, aber sein heißgeliebtes Auto hatte wirklich nur zwei kleine Kratzer, also stieg er ein.

„Halt", stoppte ihn Angelo. „Morgen geht es mit dem neuen Leben weiter. Wir beginnen mit Frühsport."

„Dafür habe ich keine Zeit", wiegelte Tim ab, „ich muss pünktlich im Büro sein und die Zeit reicht meist nicht mal fürs Frühstücken." Aber Angelo ließ nicht locker. „Wann stehst du auf?" „Halb sieben und …" „Dann klingelt der Wecker morgen um sechs und wir zwei gehen joggen. Und dann werden wir uns mit den größten Irrtümern befassen, die Männer schon seit Jahrhunderten begehen." Das war das letzte, was Tim hörte, dann löste sich dieser sonderbare Typ einfach auf.

Am nächsten Morgen klingelte der Wecker kurz vor der genannten Zeit, obwohl Tim ihn absichtlich nicht gestellt hatte.

Schon auf der Heimfahrt war ihm sein Erlebnis doch sehr skurril vorgekommen, vielleicht hatte er sich das Ganze nur eingebildet. Verspätete Unfallfolgen sozusagen.

Trotzdem hatte er brav Blumen an der Tankstelle gekauft und auch das blöde Regal angebracht. Aber dann war alles schiefgegangen.

Isabell war sofort misstrauisch geworden. „Was hast du angestellt? Du bringst mir doch nie Blumen mit!"

Unter ihrem wissenden Blick war er doch mächtig ins Stottern gekommen und den gesamten Abend herrschte Funkstille.

Nichts war besser, er brauchte kein neues Leben und der Engel konnte ihn mal. Als er die Wecktaste einfach ausdrückte und sich noch einmal umdrehen wollte, wurde ihm die Bettdecke mit einem kurzen Ruck weggezogen.

„Du denkst ich mache Scherze?" Angelo knurrte ihm wütend ins Ohr, aber Isabell schien davon nichts mitzubekommen. Als Tim ins Nachbarbett schaute, schlief sie tief und fest. „Schwing dich in deine Laufschuhe, ich erwarte dich unten!"

Und so geschah es, dass der übergewichtige Tim zum ersten Mal seit langem in seinem Erwachsenenleben, eine längere Strecke, als die zu seinem Auto, auf seinen eigenen Beinen lief.

Erstaunlicherweise fiel es ihm gar nicht so schwer, wie er gedacht hatte. Nur die Luft wurde immer knapper. Aber er hielt das gleiche Tempo wie Angelo, der heute die übliche Sportkleidung von Läufern trug.

Wie macht er das nur? Tim grübelte nach, während seine Beine sich fast automatisch bewegten. Waren Engel so etwas wie Formenwandler und konnten selbst entscheiden, in welchem Out-fit sie erschienen oder hatten sie irgendwo einen Rückzugsort mit Kleiderschrank, wo sie sich auch umziehen konnten?

Nach zehn Minuten stoppte Angelo und ließ ihn tief einatmen, während er ihm seine Erkenntnisse mitteilte.

„Also, es gibt da etwas, das du wissen musst. Ihr habt einen ungeschriebenen Männer-Kodex, tief in euch, so eine Art Regelwerk, das euch das Leben aber ziemlich schwer machen kann."

Ich verstehe nur Bahnhof, dachte Tim, denn zum Sprechen reichte die Luft noch nicht. „Das sind nicht meine Erleuchtungen, das habe ich in einem Buch gelesen. Ein Amerikaner Herb Goldberg hat es geschrieben." „Du liest Bücher?" Tim hob erstaunt den Kopf, aber Angelo sah ihn nur verächtlich an. „Ich lese nicht, ich scanne sie, das geht schneller. Durch solche Bücher fällt es mir leichter zu verstehen, wie ihr tickt. Und erstaunlicherweise gibt es offensichtlich auch eine Menge kluger Männer, sonst hätte ich die Hoffnung schon aufgegeben."

Tim nickte nur zustimmend und fragte sich immer noch, worauf Angelo hinaus wollte. „Also, der erste große dieser männlichen Irrtümer lautet: *Je weniger ich auf meinen Körper achte, desto männlicher bin ich!* Das ist natürlich Quatsch! Deshalb überfordern sich Männer oft und erwarten dann, dass ihr Körper auch ohne ständige Wartung einwandfrei funktioniert. Meist wird das Auto pfleglicher behandelt und käme eher durch den TÜV. Und wenn ich dich und deine Wampe so betrachte, habe ich auch meine Zweifel. Bei dir reicht die Durchsicht schon nicht mehr aus, da muss radikal geändert werden. Ab heute laufen wir jeden Morgen und in der Firma benutzt du die Treppe."

„Wir haben keine", feixte Tim, „nur Fahrstühle." „Du unterschätzt mich schon wieder." Jetzt feixte Angelo.

„Neben dem rechten Fahrstuhl gibt es eine Tür, die zur Treppe führt. Die nimmst du jeden Tag! Und wenn du in Zukunft zum Bowling gehst, werden Kugeln bewegt, keine Wodkagläser! Du bist jetzt in einem Alter, in dem dir dein Körper, wenn er könnte, nach solchen Orgien zuflüstern würde: Tu das nie, nie wieder oder du wirst es bereuen."

Wieder nickte Tim ergeben, Widerstand schien sowieso zwecklos.

„So jetzt haben wir genug ausgeruht. Laufen wir zurück. Und währenddessen erkläre ich dir noch, worauf du ich freuen kannst, wenn wir das täglich machen."

Tim staunte immer wieder, wie leicht ihm das Laufen fiel, wenn er nur mehr Puste gehabt hätte. Trotzdem hörte er genau zu, was ihm Angelo erklärte. „Jeden Tag eine halbe Stunde leichtes Lauftraining und dein Testosteronspiegel steigt um fast 50%. Das macht dich nicht nur im Job leistungsfähiger, dann passiert auch wieder was, wenn abends das Licht ausgeht."

Tim winkte genervt ab. „Bei uns herrscht Funkstille, wegen der Blumen. Sie denkt, ich hätte was angestellt."

Aber Angelo grinste nur. „Sie ist wirklich nicht dumm, deine Isabell und sie hat Feuer. Da musst du einfach dranbleiben, bis du sie überzeugt hast."

Nach einer Woche Laufen reichte Tims Luftvorrat schon für die gesamte Strecke, gut dass er schon im vergangenen Jahr mit Rauchen aufgehört hatte. Allmählich begann das morgendliche Joggen

Spaß zu machen. Zum ersten Mal seit langen genoss er die klare Luft an einem Sommermorgen und das viele Grün in seiner Wohngegend.

Auch tagsüber fühlte er sich schon frischer und konnte besser nachdenken. Nur zuhause lief immer mehr schief, wie er Angelo morgens klagte. „Jetzt ist sie überzeugt, dass ich eine andere habe. Für sie hätte ich mich noch nie so angestrengt."

Angelo nahm es gelassen hin und ermunterte ihn immer wieder. „Du musst dir mehr einfallen lassen. Fahr einfach am nächsten Wochenende mit ihr in ein kleines Hotel in der Nähe. Du musst sie mehr verwöhnen, ihr mehr Aufmerksamkeit schenken. Du brauchst deine Frau für die nächste Phase unseres Experiments ganz dringend, also streng dich an. Außerdem solltest du froh sein, dass du zuhause so einen heißen Feger hast. Da schaut man schon gerne hin."

Während Angelo noch versonnen lächelte, blickte Tim immer misstrauischer. Würde ein Engel nicht nur schauen, sondern weiter gehen? Könnte er das überhaupt? Egal, Isabell war seine Frau und das würde sie auch bleiben.

Und er begann sich schon das tolle Wochenende auszumalen, das dann auch fast genauso ablief.

„Es war so gut, wie zweite Flitterwochen", schwärmte er Angelo am Montag vor. „Wer hätte gedacht, dass ich mit meiner eigenen

Frau noch mal so viel Spaß hätte. Bisher dachte ich immer Heimspiele wären langweilig. Was ist mit dir?" Fragend sah er Angelo an. „Heute kein Geheimnis auf Lager?" „Logo", knurrte der Coach nur. Und für Tim klang es, als wäre er ein wenig neidisch, aber das konnte ja nicht sein, oder?

„Du hast jetzt schon etwas mehr Testosteron. Das ist gut, denn damit bleibst du energievoller, leistungsfähiger und auch sonst allzeit bereit. Aber jetzt musst du abnehmen." „Mann, gerade fing die Sache an Spaß zu machen, jetzt kommst du mir mit Diät", maulte Tim.

Aber Angelo nahm das gar nicht zur Kenntnis.

„Ich sagte, du hast jetzt mehr Männlichkeitshormone, aber die kannst du ganz schnell wieder verlieren, wenn du nicht abnimmst. Übergewicht würde die Hormon-Power erdrücken, denn das Fettgewebe an deinem Bauch kann männliche Hormone in weibliche umwandeln und das mit allen Konsequenzen. Willst du das?"

Tim, der den Spaß des Ehelebens gerade wieder entdeckt hatte, zuckte erschrocken zurück. „Also sind wir uns einig: Echte Männer stopfen sich nicht irgendetwas Essbares in sich rein, sondern essen genau das, was sie auch echte Männer bleiben lässt."

Tim nickte überzeugt. „Aber komm mir bloß nicht vegetarisch!"

Angelo schnaubte nur. „Zum Männeressen gehört ein ordentliches Stück Fleisch. Nimm ein gutes Steak, aber lass die Kartoffeln weg.

Dafür lieber ein Salatblatt mehr." „Das hört sich gut an! Du erwartest doch nicht, dass ich auch noch Gemüse esse. Damit liegt mir Isabell immer in den Ohren."

„Wieso? Gemüse macht doch glücklich, Mann! Was hast du gegen einen kernigen Bohneneintopf oder eine zünftige Gulaschsuppe mit Paprika? Oder Erbsensuppe?" Jetzt begannen Tims Augen zu leuchten. „Ja, mit Würstchen, aber nur aus der Gulaschkanone, die hat mir früher immer am besten geschmeckt, als ich noch…, na ja, das ist lange her."

Inzwischen hatten sie ihre Laufstrecke fast absolviert.

Bevor Tim nach oben ging, raunte ihm Angelo nur noch zu. „Ich habe dir ein paar Tipps für das Essen gemailt, damit du sie mit Isabell besprechen kannst. Ich nehme an, sie kocht besser als du."

Wieder war Tim total verblüfft. „Du kannst mailen?" „Selbstverständlich! Das machen wir schon immer. Was glaubst du denn, wer den Erfinder auf die Idee gebracht hat? Und nochmal zum Gemüse: Was dir nicht schmeckt, kannst du immer noch trinken.

Misch es mit Apfelsaft und ein paar Tropfen Ginseng, das wirkt besser als jeder Energy-Drink."

Das Wochenende war ein guter Einstieg gewesen, fand Tim, als er abends mit Isabell die Hinweise zum Essen durchging.

Seine Frau war sofort Feuer und Flamme und nickte so begeistert, dass ihre rotblonden Locken wippten. Ihre eigenen Bemühungen um eine bessere Ernährung für ihren Mann, hatte sie mittlerweile aufgegeben und klaglos den Hosenbund erweitert oder die nächste Größe gekauft. Jetzt schien ihr Mann wieder ganz der alte zu sein, der, in den sie sich vor zwanzig Jahren verliebt hatte. Mit leuchtenden Augen und voller Begeisterung, versuchte er sie von den Tatsachen zu überzeugen, die früher bei ihm nur ein gelangweiltes Gähnen hervor gebracht hatten. „Wenn wir das Essen so hinkriegen, könnte ich mindestens 10 kg abnehmen. Das Laufen hilft ja auch, vielleicht sollten wir auch am Wochenende wieder die langen Spaziergänge machen, das war früher so schön."

Isabell schluckte. Am liebsten hätte sie die Augen verdreht und ihm vorgehalten, *das habe ich dir schon xmal vorgeschlagen* oder ihn daran erinnert, dass ihm die Spaziergänge zu langweilig gewesen waren.

Aber da sie eine kluge Frau war, nutzte sie die Gelegenheit.

„Und wenn du wirklich durchhältst und 10 kg oder mehr abnimmst und ich dir dabei helfe, machen wir einen Salsa-Kurs. Dann können wir wieder tanzen gehen. Früher hattest du so geschmeidige Hüften, alle haben sich nach dir umgedreht, wenn wir getanzt haben." Tim konnte sich daran nicht mehr so genau erinnern, aber geschmeichelt stimmte er allem zu.

Zwei Wochen später und vier Kilos leichter, erzählte er Angelo immer noch so begeistert von seinen Abnehmerfolgen, dass man annehmen musste, alles wäre seine eigene Idee gewesen.

Aber der Engel schien etwas abgelenkt.

„Wie läuft es denn in deiner Firma? Du lebst zwar jetzt schon viel gesünder, was mich ja beruhigt. Aber du nimmst dir immer noch so oft Arbeit mit nach Hause. Für mich sieht das so aus, als könntest du demnächst Einladungen für einen Nervenzusammenbruch verschicken. Und deine Familie kommt dabei auch zu kurz."

Tim stöhnte wirklich genervt. „Es ist schon besser, ich glaube, dass ich schneller denken kann, falls sowas überhaupt möglich ist. Aber es ist halt soviel zu erledigen."

„Für mich ist das echt schwer zu verstehen, was stellt ihr eigentlich her? Ihr schiebt doch bloß Papier hin und her."

Angelo gab sich ungerührt, was Tim sofort empörte.

„Wir schieben kein Papier hin und her, wir erstellen wichtige Gutachten." „Egal", knurrte Angelo. „Sagt dir der Name Pareto etwas?" „Nein, ist das auch einer von euch?"

Der Engel warf ihm den gleichen Blick zu, mit dem Lehrer die absolut unfähigsten Schüler bedenken.

„Pareto ist kein Engel, er war ein Ökonom. Er hat die bekannte 80:20 Regel begründet. Er sagt, ihr Menschen verbraucht 80% eurer Arbeitszeit, um gerade so viel zu schaffen, dass es 20% eures Verdienstes ausmacht. Das heißt, die wirklich wichtigen, die lukrativen, Geld bringenden Aktivitäten müssen dann in 20% der Arbeitszeit geschafft werden oder werden mit nach Hause genommen. Kommt dir das bekannt vor?" Tim schaute ihn überrascht an. „Da könnte etwas dran sein. Und was soll ich dagegen machen?"

„Das was ich jetzt erklärt habe", setzte Angelo fort, „gilt natürlich nur für Leute, die schlecht organisiert sind. Die anderen, erfolgreicheren haben die Pareto-Regel umgedreht. Stell dir vor, du würdest die wichtigen Sachen, für die du bewertest wirst und die entscheiden, welchen Ruf du bei deinem Chef hast, zuerst erledigen und hättest dann noch mindestens 60-70% deiner Zeit, um all die wichtigen Sachen zu erledigen, die du jetzt machst, z.B. im Internet surfen, die Stapel sortieren, im Nachbarbüro über Fußball diskutieren…"

„Schon gut", unterbrach ihn Tim. Dieser Engel war einfach zu gut informiert, da war jede Diskussion zwecklos.

„Ich habe es verstanden. Fang mit dem Tiger an, dann kommen danach nur noch niedliche Kätzchen."

„Genau" bekräftigte Angelo und klopfte ihm anerkennend auf die Schulter. „Was ich dich schon immer mal fragen wollte, ist das eigentlich die Art von Job, von der du früher geträumt hat, die dich glücklich macht?" „Wieso fragst du das? Ich verdiene gut, ich bin zufrieden, das reicht." Tim klang etwas verstimmt, konnte aber gut nachvollziehen, was ihm Angelo danach erklärte.

„Einer der Irrtümer aus dem Männer-Kodex lautet: *Je mehr ich meine Gefühle unterdrücke, umso männlicher bin ich*. Wieder so ein Stuss! Das kann dazu führen, dass Träume und Ideale der Jugendzeit im Alltag verschüttet oder der Routine geopfert werden. Diese Einstellung rächt sich auf Dauer, ich sage nur Burn-out. Also, was wolltest du werden, als du sechs warst, Lokführer, Feuerwehrmann oder Kosmonaut?"

„Nichts davon", lachte Tim, „ich wollte die Umwelt retten, Bäume pflanzen und die Luft sauberer machen. Aber irgendwie kam alles anders." Angelo musterte ihn nachdenklich.

„Die Umwelt retten, das ist es offensichtlich nicht, was du in deinem Job machst. Aber du könntest trotzdem auch heute noch etwas in diese Richtung machen. Dein Sohn ist da sehr aktiv."

Überrascht drehte sich Tim um. „Mein Sohn? Ich dachte, der lebt in seinem Computer. Wieso weiß ich sowas nicht? Da sollte ich wirklich mal…", murmelte er noch, ehe er sich von Angelo verabschiedete und die Stufen zu seiner Wohnung hochsprintete.

Wie leicht ihm die Treppe jetzt fiel! Als wäre er 10 Jahre jünger oder hätte eine unbekannte Energiequelle entdeckt.

Später im Büro begann er als erstes mit einer Liste, die seine Prioritäten neu ordnete. Wenn er diese Sachen gleich vormittags erledigte und sich auch nicht stören ließ, könnte er sich mit der Post, der Ablage und anderem nachmittags befassen oder auch einiges delegieren.

Der größte Vorteil: Er wäre er pünktlich fertig und könnte Isabell noch den Einkauf abnehmen. Dann hätten sie beide früher Feierabend und mehr Zeit für sich. An so etwas hätte er vor vier Wochen garantiert nicht gedacht. Gar nicht schlecht, diese Engel-Tipps, dachte er, während er sich pfeifend an seine Hauptarbeit machte.

Auch das Gespräch mit seinem Sohn am Abend verlief völlig anders, als frühere Vater-Sohn-Gespräche, die meist lautstark endeten. Sein Sohn gehörte einer Gruppe an, die Plastikabfälle aus Plätzen, Parks und Wäldern sammelte und sich viele Gedanken um das Recycling, die Sauberkeit der Meere und des heimischen Trinkwassers machte.

„Es war ein richtig gutes Gespräch", erzählte er Angelo am nächsten Morgen. „Claus, mein Kleiner ist erst 14, aber er hat wirklich schon seine Berufung gefunden. Wenn er auch später in die Richtung gehen will, hat er meine volle Unterstützung."

„Und was machst du dabei?" Angelos Fragen trafen wie immer genau die wundeste Stelle, dachte Tim grinsend, aber er war gut präpariert.

„Isabell und ich werden am nächsten Sonntag bei der Reinigungsaktion am Seeufer dabei sein. Das ist nur ein erster Schritt, mich beschäftigt noch mehr. Die Gruppe hat sich so darauf eingeschossen Plastik zu vermeiden, egal ob als Verpackung, als Geschirr oder im medizinischen Bereich. Das halte ich für übertrieben. Das Verbot der EU für Wegwerfprodukte aus Plastik ist gut, aber wir können bei vielem nicht auf Plastik verzichten. Also sollte mehr und besser recycelt werden. Und zwar nicht nur bei uns, sondern vor allem dort, wo der Plastikmüll im Meer entstanden ist. Dazu brauchen wir andere Methoden."

„Und woran denkst du?"

„Ich habe einen Kumpel, der in einem Institut arbeitet, das solche Prozesse untersucht und prüft. Mit dem werde ich mich demnächst treffen. Ich habe da auch einige Fragen zu einem unserer Gutachten."

„Ich sehe, es geht aufwärts mit dir." Angelos Stimme klang anerkennend. Auf Tims fragenden Blick, setzte er fort.

„Wenn Männer glauben, andere um Hilfe zu bitten, sei unmännlich, dann laden sie sich oft zu viel auf. Auch das rächt sich. Die Japaner haben dafür einen speziellen Begriff geprägt, *Kairoshi*, sich tot arbeiten. Was du brauchst ist eine gute Balance, zwischen Arbeit und Freizeit. Das Leben soll Spaß machen. Du kriegst nicht noch eins zum Ausprobieren."

„Schon gut", murmelte Tim, „du musst mir nicht ständig den erhobenen Zeigefinger präsentieren. Ich habe es verstanden."

„Was habt ihr nur dauernd mit euren Fingern." Angelo schüttelte seinen grauen Kopf. „Ich dachte, ihr nehmt den Mittelfinger, wenn ihr etwas Bestimmtes sagen wollt. Ich brauche das ja nicht, ich kann das mit den Augen. Das habe ich mir bei euren Frauen abgeguckt. Wirkt viel besser!"

Tim lachte, weil er sich gut an das Feuer in Isabells olivgrünen Augen erinnerte. Auch seine Tochter, die als Austauschschülerin weit entfernt in den USA war, beherrschte das beim Skypen schon ganz gut.

„Gehst du eigentlich nicht mehr zum Bowling?" Angelos Frage brachte ihn zurück in die Gegenwart. „Doch, doch, immer montags. Ich habe aber das Team gewechselt, weil ich jetzt mehr auf Wettkampf stehe."

Angelo grinste. „Und deine alten Kumpels wollten weiter saufen? Es ist wirklich nicht einfach, sich aus der Herde zu lösen. Hut ab!"

Auch wenn Tim es sich nie richtig hatte vorstellen können, es kam der Tag, an dem die Waage 10 kg Minus anzeigte und Isabell ihm jubelnd um den Hals fiel.

Jetzt war Salsa angesagt und Tim fiel keine Ausrede ein, um sich zu drücken. Genau genommen wollte er das auch nicht. Sein neues Leben machte ihm mehr Spaß, als er je erwartet hatte.

Gut, Salsa hätte er vielleicht doch lieber lernen sollen, als er jünger war und das Wort Arthrose noch nicht kannte. Aber er gab sich große Mühe und fühlte sich vor allem schon als Latin Lover.

Auf Angelos Fragen kurze Zeit danach, reagierte er ein wenig zu begeistert. „Du dachtest, ich packe das nicht? Ich bin der Star im Salsa-Kurs!" Angelos zweifelnder Blick ließ ihn etwas zurück rudern. „Natürlich kann ich meine Hüften noch nicht so weich und federnd bewegen, wie früher. Aber es macht echt Spaß und Isabell ist glücklich."

„Und dein anderes Projekt?" „Läuft auch toll! Mein Kumpel und ich, wir werden so eine Art Crowfunding machen. Wir sammeln Geld in einen Fonds, um die Forschung zu einfacheren Recycling-Methoden direkt zu finanzieren, ohne dass sich dabei noch einer eine goldene Nase verdienen kann. Wahrscheinlich machen wir das bei *Jugend forscht*. Das würde meinem Sohn am besten gefallen."

Als Tim nach dem Frühstück, frisch und unternehmungslustig, zur Arbeit fuhr, hatte er wieder einen Sonntagsfahrer vor sich, genau wie damals, aber heute blieb er ruhig und gelassen.

Auch wenn er an einer roten Ampel gefühlte 10 Minuten warten musste, überlegt er sich bessere Formulierungen für seine Gutachten oder rezitierte Wilhelm Busch.

Wenn er an die zurückliegenden Wochen dachte, staunte er immer noch, wie sich sein Leben grundlegend geändert hatte und wie erstaunlich gut er sich damit fühlte.

Obwohl er damals sein Versprechen ja nur aus Respekt vor dem Lichtschwert abgegeben hatte, war er sich sicher, dass er genauso weitermachen würde.

In der Firma legte er wie jeden Tag zuerst die Prioritäten fest und begann sofort, die wichtigsten Aufgaben zu erledigen, immer noch verblüfft darüber, wie leicht ihm jetzt alles von der Hand ging. Nachdem die ersten Aktivitäten abgearbeitet waren, machte er sich auf den Weg zur Teeküche, um seinen speziellen Energy-Drink aus dem Kühlfach zu holen und die kurze Pause zu genießen.

Christian, der Kollege aus dem Büro nebenan, war ihm gefolgt. „Danke für deinen Tipp, der war super! Ich mache mir jetzt auch jeden Tag diesen Drink aus Gemüse, Apfelsaft und Ginseng. Ich hätte nie gedacht, dass das so toll wirkt und auch so lange, wenn du verstehst, was ich meine." Tim grinste nur. „Ginseng ist das Männerkraut schlechthin, das wirkt auch noch in Regionen, die manche schon vergessen haben."

Stimmt absolut", nickte Christian. „Woher kriegst du immer diese tollen Ideen?"

Tim lächelte nur, die Wahrheit würde ihm sowieso keiner glauben. „Ich kenne da jemanden, der alles weiß." „Na klar", lachte sein Kollege, „oder er hat den lieben Gott in der Kurzwahltaste gespeichert." Jetzt grinste auch Tim über das ganze Gesicht.

„So oder so ähnlich!"

Das bisschen Haushalt!

„Das kann ich einfach nicht!" Am liebsten hätte sich Sandra Winkler wie ein Kleinkind auf den Boden geworfen oder mit dem Fuß aufgestampft. Aber ihr Bruder Markus lachte nur.

Natürlich würde die Autorin erfolgreicher Erziehungsratgeber und zahlreicher Bücher zur häuslichen Ordnung, so etwas niemals auch nur ansatzweise tun, aber sie würde gerne.

Als der sonst immer so nette Lektor ihres Hausverlages den Kopf schüttelte und ihre Vorschläge über den Tisch zurückschob, ahnte sie schon, dass etwas Unbequemes auf sie zukam.

Bisher war alles, was sie schrieb, freudig angenommen und gedruckt worden, was Sandra zwar keine Reichtümer, aber ein regelmäßiges Einkommen bescherte.

Natürlich hatte sie niemals geplant, Sachbuch-Autorin zu werden. Eigentlich hatte sie Lehramt studiert, war dann aber mit einer Artikelreihe zu unkonventionellen Erziehungsmethoden aufgefallen und ein Verlag hatte sie gleich für ein Buch verpflichtet. Dem waren weitere gefolgt, die offensichtlich durch ihr frisches, ungewohntes Herangehen eine große Fangemeinde fanden und mittlerweile mehrfach neu aufgelegt waren.

Danach hatte sie sich mit Ratgebern beschäftigt, die Ordnung in die Wohnungen bringen sollten. Darin hatte sie ihre wahre Berufung gefunden. Ihre eigene Drei-Zimmer-Wohnung hatte sie nach ihren

Prinzipien umgestaltet. Alles war ordentlich, zweckmäßig und makellos sauber. Auf den weißen Schleiflackmöbeln in ihrem Schlafzimmer, auf den wertvollen Tischen und Kommoden aus afrikanischem Kirschbaumholz im Wohnzimmer, lag nie ein Stäubchen. Kein Teppich, keine bunten Kissen, kein herumliegendes Buch, störten die gewohnte Ordnung. Ihre kleine Küche mit den schimmernden, schwarzen Granitplatten und den Edelstahlgeräten war ohne jegliche Fingerabdrücke.

Die gesamte Wohnung in weiß-braun-beige gehalten, passte sehr gut zu ihrer eigenen, leicht unterkühlten Art.

So war sie nicht immer gewesen. Noch während des Studiums war sie mit anderen durch halb Europa getrampt, hatte viel Spaß in zwei doch schon etwas längere Beziehungen gehabt, sie aber auch selbst beendet. Denn eigentlich hatten sich ihre Vorstellungen für die Zukunft auf lernbegierige Erstklässler gerichtet, dazu aber auch das gesamte Programm: Mann, Kinder, Haus, Garten und sogar einen Hund.

Heute konnte sie sich das rückblickend überhaupt nicht mehr vorstellen. Sie hatte sich eingerichtet in ihrer ungestörten, sauberen Umgebung. Sie genoss es, sich ihre Zeit einteilen zu können. Sie konnte morgens schreiben, wenn ihr danach war oder auch am späten Abend. Wenn sie nur daran dachte, von morgens bis spät nachmittags unterrichten zu müssen, gruselte sie sich fast ein bisschen. Das wäre einfach zu viel.

Die einzigen Menschen, zu denen sie regelmäßigen Kontakt hielt, waren ihr Lektor und ihr Bruder Markus. Allerdings war der als Konzertmeister des örtlichen Sinfonieorchesters, häufiger in anderen Städten oder auch im Ausland, als in ihrer Nähe.

Früher hatte sie die Arbeit mit Kindern geliebt, heute erschienen ihr die Kleinen, die sie auf dem Spielplatz in ihrer Straße im Vorbeigehen sah, zu laut, zu unordentlich und zu schmutzig.

Schon wenn Markus seinen Sohn mitbrachte, der als Zweijähriger ziemlich mobil und neugierig war, alles anfasste oder in den Mund steckte, stand Sandra mit ausreichend feuchten Reinigungstüchern und Desinfektionsmittel bereit, um danach wieder die gewohnte sterile Ordnung herzustellen.

Bevor sie sich morgens an den Schreibtisch setzen konnte, musste sie erst eine schnelle Reinigung ihrer Räume vornehmen, sonst konnte sie sich nicht konzentrieren.

Aber auch mit dem gewohnt zufriedenen Gefühl über die saubere Umgebung, fiel es ihr in letzter Zeit immer schwerer, etwas auf das Papier zu bringen.

Eigentlich hatte sie daran gedacht, die Ratgeber-Sparte zu verlassen und einen heiteren Familien-Roman zu schreiben. Aber schon beim Plot waren ihr die Ideen ausgegangen und die Zweifel immer lauter geworden. Was wusste sie schon vom Familienleben? Und ob es heiter war, bezweifelte sie eigentlich auch. Wollte sie so etwas überhaupt wissen? Nein! Es würde nur ihre gewohnte Ordnung durcheinander bringen.

Als sie aber dann den 5.Ratgeber, diesmal für Ordnung im Bad konzipiert hatte, schüttelte der bisher so nette Lektor entschieden den Kopf. „Das Thema ist durch. Mittlerweile gibt es zig Ratgeber, um Ordnung zu schaffen. Jede stinknormale Zeitung veröffentlicht solche Tipps und die Methode dieser Japanerin, Marie Kondo, wird sogar im Fernsehen gezeigt. Sie brauchen etwas völlig Neues." Sandra hatte ihn entsetzt angesehen. Etwas völlig Neues? In ihrem Leben gab es nichts Neues, außer dass sie 32 wurde und auch das war berechenbar.

In ihr verdutztes Schweigen hinein, hatte er vorgeschlagen, einen Ratgeber darüber zu verfassen, wie solche notwendige Abläufe wie Putzen und Sauberhalten von Wohnungen in Familien interessanter, effektiver und zeitsparender organisiert werden könnten.

„ Das ist enorm wichtig. Ein englischer Arzt hat in einer Studie, die Herzfrequenz von berufstätigen Müttern gemessen. Während des Jobs hatten die meisten einen Puls-Wert zwischen 70 und 80, also völlig normal. Bei Kinderbetreuung und Haushalt, steigt der Puls aber durchgängig über 100. Außerdem können Sie da noch mit ihren Aufräum- und Erziehungstipps punkten", hatte er betont. „Stellen Sie es möglichst plastisch dar, am besten, wenn mehrere Kinder vorhanden sind. Das liegt Ihnen ganz bestimmt. Bereiten

Sie mir ein entsprechendes Konzept vor, dann sind wir wieder im Geschäft."

Sandra hatte genickt, gelächelt und war gegangen. Sie wusste, sie musste das schaffen, hatte aber keine Ahnung wie. Wenn sie nicht mehr veröffentlichen konnte, war die einzige Alternative das Lehramt.

Und das kam ihr jetzt wie das Schwert des Damokles vor, das drohend über ihrem Kopf hing. Also hatte sie sich an ihren Schreibtisch gesetzt, aber ihr Kopf war wie leergefegt. Die sparsam vorhandenen Hinweise, die sie in Blogs im Internet gefunden hatte, schienen ihr so wenig aussagefähig, dass sie fast bereit war aufzugeben.

Dann hatte sie, wie immer in ausweglosen Situationen, ihren großen Bruder angerufen, der glücklicherweise in der Stadt war und auch sofort vorbeikam. „Du brauchst Praxis", stellte er kategorisch fest, schon um ihr Jammern zu unterbrechen. „Du könntest zu uns kommen, aber da ich selten da bin und Emma ihre Illustrationen für Kinderbücher zuhause machen kann, haben wir andere Regelungen auf diesem Gebiet, als normale Familien. Du müsstest unerkannt in eine Großfamilie."

„Das geht doch nicht", stöhnte Sandra. „Ich kann mich doch gar nicht als Haushälterin bewerben, obwohl ich Kochen, Backen und Putzen kann. Ich habe doch keinerlei Referenzen." Markus strich sich über seine blonden Locken, die fast noch heller schimmerten, als die seiner Schwester. „Ich habe eine Idee, Schwesterchen, die wird dir gefallen. Lukas, der unsere Instrumente in Schuss hält und repariert, hat vier Kinder. Die Frau ist gleich nach der Geburt der Jungs abgehauen. Ich glaube, sie ist Rocksängerin und lebt jetzt in den USA. Lukas sagt, seine Kinder hätten bestimmt schon die dritte Haushälterin verschlissen. Der Mann ist mit seinen Nerven am Ende. Der nimmt dich mit Kusshand, auch ohne Papiere. Ich könnte ihn anrufen oder traust du dich nicht?"

„Selbstverständlich traue ich mich." Eine solche Unterstellung konnte sie nicht auf sich sitzen lassen und so sagte sie verbindlich zu.

Noch am Abend schüttelte sie den Kopf darüber und wälzte Befürchtungen, worauf sie sich da wohl eingelassen hatte. Aber da ihre Möglichkeiten begrenzt waren, gab es nur eins: Augen zu und durch!

Zwei Tage später meldete sich ihr Bruder. „Ich habe mit Lukas gesprochen, ihm aber nur gesagt, dass du dringend Geld brauchst, aber keine Referenzen hast. Ihm ist das erstmal egal. Du kannst morgen vormittags zu einem Vorstellungsgespräch kommen. Da sind die Kinder nicht da und ihr könnt alles in Ruhe besprechen."

Schon die Aussicht darauf begeisterte sie ebenso, wie die auf eine Wurzelbehandlung. Musste sie jetzt wirklich? „Vielleicht sollte ich es doch lieber lassen, ich kann doch nicht", begann sie, aber ihr

Bruder wurde nun sehr energisch.

„Jetzt ist aber Schluss mit dem Gejammer! Unsere Eltern haben doch keinen Angsthasen groß gezogen. Stürz dich endlich mal ins echte Leben! Vielleicht wird es ja eine tolle Überraschung."

Am nächsten Morgen machte sich Sandra auf den Weg zum Haus des Instrumentenbauers Kaiser, das sich im Grüngürtel der Stadt, weit weg vom Zentrum befand. In dem Versuch, älter und seriöser auszusehen, hatte sie ihre blonden Locken gebändigt und straff nach hinten gesteckt. Das dunkelgraue Kostüm und die roséfarbige Bluse ließen sie auch kompetenter erscheinen, fand sie nach einem letzten Blick in den Spiegel.

Das Haus der Kaisers, das sie hinter ausladenden Rosenbüschen in allen Farben kaum erkennen konnte, sah ziemlich groß aus.

Da wird einiges zu putzen sein, dachte sie, als sie klingelte und überlegte, wie sie das bewältigen könnte.

Als Lukas Kaiser öffnete, schoss ihr nur noch ein einziger Gedanke durch den Kopf: Was für ein gutaussehender Mann! So sollte ein Familienvater mit vier Kindern einfach nicht aussehen! Hochgewachsen, ziemlich muskulös, braungebrannt mit schwarzen Locken und strahlendblauen Augen, hätte er eher ein Model oder Schauspieler sein können. Gut, dass sie sein Bild schon gestern Abend bei Google gesehen hatte und sich vorbereiten konnte.

Sonst hätte sie wahrscheinlich vor Aufregung gestottert. So aber half ihr, ihre übliche leicht unterkühlte Art aus dem Dilemma und sie konnte sich vorstellen.

Herr Kaiser fragte sie tatsächlich nicht nach Zeugnissen, sondern zeigte ihr das Haus, während er erläuterte, was von ihr erwartet würde.

„Ich gehe davon aus, dass wir bei der bisherigen Regelung bleiben können. Danach beginnen Sie um 10.30 Uhr, da sind die Kinder bereits in der Kita. In dieser Zeit können Sie das Geschirr abwaschen und die Räume reinigen, Wäsche waschen oder auch einkaufen. Für mich genügt ein kurzer Imbiss zu Mittag, dann kann ich weiterarbeiten. Unsere Hauptmahlzeit ist abends. Die Jungs, Luca und Elias, sind jetzt vier. Die müssen am Nachmittag auch von der Kita abgeholt werden. Die Mädchen, Nelly und Shelly sind sechs und werden im nächsten Monat eingeschult. Sie sind sehr selbständig und kommen alleine nach Hause. Ihre Kita ist nur zwei Querstraßen weiter."

„Toll, Sie haben zweimal Zwillinge." Sandra war fast wider Willen beeindruckt. Lukas Kaiser schmunzelte. „Stimmt, das liegt bei uns in der Familie. Aber bisher kommen wir ganz gut zurecht. Doch weiter zu Ihren Aufgaben. Sie wären dann noch zuständig für das Abendessen und den Abwasch. Um 18.30 Uhr können Sie Feierabend machen. Am Sonntag haben Sie generell frei und wenn Sie zwischendurch Zeit brauchen, können wir das auch regeln. Alles Weitere lesen Sie in diesem Vertrag, den Ihre Vorgängerin auch hatte."

Er drückte Sandra ein zweiseitiges Formular in die Hand, das sie kurz überflog. „Sagen Ihnen diese Bedingungen zu?" Jetzt klingt er doch ein wenig nervös, dachte Sandra lächelnd. „Wenn Sie mir vorher verraten, warum meine Vorgängerin aufgegeben hat?"

Lukas kratzte sich verlegen am Hinterkopf. „Na ja, nicht allen sagt diese Arbeitszeit zu und vielleicht ist meine Rasselbande auch ein wenig lebhaft."

„Das schreckt mich garantiert nicht ab!" Sandra gab sich viel forscher, als sie sich wirklich fühlte und reichte Lukas Kaiser die Hand. „Ich bin einverstanden. Wann soll ich anfangen?"

Sie konnte die Erleichterung auf seinem Gesicht deutlich wahrnehmen. „So schnell Sie können. Ich zeige Ihnen gleich noch Ihre Wohnung."

„Oh, Sie meinen, ich wohne hier bei Ihnen?"

In dem Moment fühlte sich Sandra wie ein Blatt in einem Gebirgsbach, das durch die Strömung immer schneller mitgerissen und weitergetragen wird. Sie sollte ihre Wohnung, ihren sicheren Rückzugsort verlassen?

„Ich habe diese Einliegerwohnung extra anbauen lassen, damit sich die Frau, die sich um meine Kinder kümmert, auch wohlfühlen kann. Die Unterkunft ist Teil Ihres Gehaltes."

Dann zeigte er mit der Hand auf ein langgestrecktes Gebäude daneben. „Dort ist meine Werkstatt, da finden Sie mich immer, wenn es dringend notwendig ist.“

Obwohl es ihr sehr schwer fiel, packte Sandra am nächsten Nachmittag alles, was ihr notwendig und unverzichtbar erschien, in ihr
kleines Auto und fuhr zu ihrer neuen Arbeitsstelle am Stadtrand.

Sie hatte sich schon genau überlegt, wie sie die Zeit für ihr Buch
nutzen würde. Sie könnte schon morgens anfangen zu formulieren,
sich tagsüber Notizen machen und abends weiter schreiben.

Als sie anfuhr, klapperten einige Flaschen auf der Rückbank. Sie
würde zwar erst am nächsten Morgen beginnen, aber vorher wollte
sie die Wohnung noch gründlich putzen und dann die Kinder ken-
nenlernen.

Als in den beiden Räumen und im angrenzenden Bad alles zu ihrer
Zufriedenheit glänzte, schimmerte und duftete, ging sie zum Haus
der Familie. Herr Kaiser lud sie zum Abendessen ein.

„Da haben Sie die beste Gelegenheit, meine Kinder kennenzulernen.“

Während des Essens und in Anwesenheit des Vaters, erschien ihr
alles wie ein echtes Familienidyll und Sandra begann sich langsam
zu entspannen. Die beiden Mädchen mit rötlich-braunen Zöpfen
und großen grünen Augen, sahen so niedlich aus, wenn sie wie die
Kobolde über alles Mögliche kicherten. Von den beiden Jungs, die
wie der Vater schwarzhaarig waren, wurde sie kaum beachtet,
höchstens misstrauisch beäugt.

War das jetzt die vollkommene Familie oder die Ruhe vor dem

Sturm? Sandra sollte es bald heraus finden.

Wie nach einem Sturm sah es jedenfalls jeden Morgen aus, wenn alle das Haus verlassen hatten. In allen vier Kinderzimmern, schien dieser Wirbelsturm regelrecht gewütet zu haben. Obwohl es eigentlich hübsche Zimmer waren, in Pink und Lila bei Nelly und Shelly, in Blau- und Grüntönen bei Luca und Elias.

Zwischen den Räumen der Jungs und der Mädchen gab es noch Verbindungstüren, damit sich die Zwillinge näher sein konnten.

Wie schaffen es die kleinen Racker nur, so viel Unordnung zu hinterlassen? Das dachte Sandra jedes Mal.

Dennoch putzte sie jeden Morgen bis zum frühen Nachmittag schon etwas verbissen, um am nächsten Morgen das gleiche Bild wieder zu sehen.

Abends fiel sie ins Bett und begann sich zu fragen, wie berufstätige Mütter das überlebten.

Am fünften Morgen, als sie endlich mit der Grundreinigung der Räume, die Fenster eingeschlossen, durch war, kam sie zum ersten Mal wieder zum Schreiben. Alles, was sie vorher vorbereitet und notiert hatte, erschien ihr jetzt nur noch wie Makulatur.

So geht dass nicht, entschied sie, das muss man ganz anders angehen. Und die ersten Sätze, die sie dann schrieb, kamen direkt aus dem Gefühl der Hochachtung für die Frauen, die das über Jahrzehnte leisteten oder sich darum bemühten.

Viele Frauen, die neben der Berufstätigkeit den Alltag ihrer Fami-
lie bewältigen, haben die Erfahrung gemacht, dass Haushalt und
Betreuung der Familie, besonders mit mehreren Kindern, stressi-
ger sein können, als ein Vollzeit-Job. Eine Familie harmonisch und
wohltuend für alle zu organisieren und einen auch etwas größeren
Haushalt im Griff zu behalten, erfordert daher die Führungsquali-
täten eines Unternehmenschefs. "

Und als Unternehmenschefin, dachte Sandra, wäre jetzt meine erste
Aufgabe zu überlegen, wo kann ich Zeit einsparen, was kann effektiver organisiert werden?

In Gedanken ging sie die Tätigkeiten durch. Ich habe täglich zwei
volle Waschmaschinen, weil jeder sein Handtuch einfach liegen
lässt oder auf den Boden wirft. So ein Luxus, wie im Hotel, das
muss nicht sein! Außerdem ist das Wasserverschwendung. Ein
Wechsel alle drei Tage reicht. Aber wie kann ich das vermitteln?

Fast sofort hatte sie das Bild einer Lösung vor den Augen, so als
hätte sie es bestellt. Als sie ihren Laptop ausschaltete, war sie sehr
zufrieden mit sich, denn sie hatte bei ihrer Recherche im Internet
den Handtuchtrockner gefunden, dessen Bild ihr sofort vor Augen
gestanden hatte.

Herrn Kaiser musste sie von ihrer Idee nicht lange überzeugen, er
gab ihr sofort grünes Licht und sie fuhr zum Baumarkt. Am Nachmittag zeigte sie den Kindern die Neuanschaffung und erklärte ihnen, wie notwendig es sei, Wasser zu sparen. Jeder durfte sich ein

Klebeschildchen in seiner Lieblingsfarbe auswählen und aufkleben,
um die Stelle für sein Hand- oder Duschtuch zu reservieren.

Am Abend ging Sandra schon etwas entspannter schlafen.

Mein erster Pluspunkt in dieser Familie und auch noch leicht um-
setzbar. Als nächstes müsste ich es schaffen, dass die Kinder ein
oder zwei Pflichten für die Familie übernehmen, überlegte sie
noch, dann war sie eingeschlafen.

Am nächsten Vormittag war sie angenehm überrascht, alle Handtü-
cher tatsächlich auf dem Trockner zu finden. Also würde es heute
zur Belohnung Nudeln mit Tomatensoße und Miniklopsen geben.
Das war offensichtlich eine gute Wahl, denn sie sah nur lächelnde
Gesichter und Soßenmünder und Soßenreste bis zur Stirn.

Nach dem Essen und dem Abwasch, eigentlich hatte sie schon
Feierabend, klopfte sie bei den Mädchen, um sich mit ihnen zu
ihrem Vorhaben zu beraten. Nelly saß auf einem Hocker und zupfte
auf einer Gitarre.

„Oh", staunte Sandra, „du spielst schon ein Instrument?" „Kann sie
gar nicht", rief Shelly, die aus dem angrenzenden Zimmer kam.

„Die Gitarre gehörte unserer Mami, sie hat sie nicht mitgenommen,
dorthin, wo sie jetzt wohnt. Also gehört sie uns. Aber wir bekommen eigene Instrumente und auch Unterricht, wenn wir in der
Schule gut sind. Das hat Papi versprochen." „Und er hat schon angefangen, mit den neuen Gitarren", setzte Nelly fort. „Kannst du

spielen?" Sandra lächelte. „Ich konnte es mal, das ist aber lange her." Doch als ihr Nelly die Gitarre reichte, war es wirklich ganz einfach. Ihr fielen alle Lieder wieder ein, die sie früher im Praktikum an der Schule mit den Kindern gesungen hatte und sie begann mit dem Küsschen-Lied aus dem „Traumzauberbaum". „Das kennen wir aus der Kita", riefen die Mädchen begeistert und setzten sofort mit ein „Guten Morgen, guten Morgen, die Nacht ist verronnen".

Nach dem siebenten oder achten Lied, das sie gemeinsam gesungen hatten, ließ Sandra die Gitarre sinken, um auf ihr Anliegen zurückzukommen.

„Habt ihr in der Kita auch bestimmte Aufgaben, die ihr schon übernehmen könnt?" „Ja, sicher", erzählte Nelly, während sie an den Fingern abzählte. „Ich darf oft den Tisch decken, weil ich das sehr ordentlich kann und Shelly darf auch die Blumen gießen. Manche Kinder helfen auch, das Essen auszuteilen."

„Und warum macht ihr das nicht auch zuhause, den Tisch decken, die Blumen gießen?"

„Das müssen wir nicht", rief Shelly, die auf Nellys Sessellehne schaukelte, „Dafür ist die Putze da!" Als Nelly sie energisch am Ärmel zupfte, schaute sie Sandra mit betretener Miene an.

„Das meinte ich nicht so, das waren ja die anderen. Die haben nie mit uns geredet oder gesungen." „Außerdem bist du viel jünger und viel hübscher", fiel auch Nelly ein. Sandra musste einfach lächeln, bei so viel kindlicher Zuwendung. Sie nahm beide in den Arm und hatte schon wieder so eine sonderbare Vision, ein Bild oder ein Wort, das ihr die Richtung wies und das weitere Herangehen klar machte.

„Wenn ihr wieder eine Mami hättet, würdet ihr dann Aufgaben im Haus übernehmen?" „Ja, klar", riefen beide sofort.

„Allerdings weiß ich nicht, ob Papi das alleine schafft", zweifelte Nelly. Sandra unterdrückte erneut ein Lächeln.

„Wenn ihr aber noch nie geübt habt, woher wollt ihr wissen, dass ihr die Aufgaben auch gut macht?"

Bestürzt schauten beide sie mit großen Augen an. „Wenn wir wieder eine Mami hätten, das wäre toll und sie soll auch stolz auf uns sein." Shelly sah sie bittend an. „Können wir bei dir schon ein bisschen üben?"

„Das wäre toll!" Nelly schien sich anzuschließen. „Ich könnte abends den Tisch decken und du schaust, ob es gut ist." „Und ich zeige dir jetzt, welche Blumen ich gießen könnte. Manche stehen sehr hoch, das schaffe ich nicht." Shelly zog sie in den Flur, an das große Blumenfenster. „Alle Töpfe, die unten stehen, sind jetzt meine. Aber die sind ziemlich welk, weil keiner daran gedacht hat."

„Dafür müssen wir uns etwas einfallen lassen", tröstete Sandra, nachdem alle Blumen versorgt waren.

Später am Abend vervollständigte sie ihre Notizen. In dieser Familie zu sein, machte ihr mehr Spaß, als anzunehmen war.

Möglicherweise hatte sie wirklich viel vom richtigen Leben verpasst. Mit dem Buch ging es auch ganz gut voran, es würde realistischer sein, als sie angedacht hatte.

Einer ihrer Lieblingssätze lautete jetzt schon: *Pfeifen Sie auf die Ansprüche anderer, der weiße Handschuh zur Kontrolle ist out!* Erstaunlich, wie viele Geistesblitze sie hier hatte, während ihr in der Wohnung kaum noch etwas eingefallen war. Vielleicht lag es daran, dass sie sich bemühte die Kinder einzubeziehen, überlegte sie. Auf jeden Fall geht es vorwärts.

Auch in der Familie fielen fast die letzten Bastionen. Sandra hatte sehr wohl den kleinen Elias gesehen, der hinter der Tür gelauscht und einiges mitgesungen hatte. Ich muss mich mehr über die kleinen Fortschritte freuen, das nächste Problem lauert bestimmt schon.

Und so war es. Am nächsten Tag, Sandra hatte die Jungs etwas früher aus der Kita abgeholt und bereitete in der Küche einen Auflauf mit Blumenkohl und Hack zu, als Luca zu ihr hereinkam. Trotzig baute er sich vor ihr auf. „Es gibt Gemüse? Das esse ich nicht!" „Aber Gemüse schmeckt doch gut. Hast du so etwas überhaupt schon gegessen?" Wieder dieser trotzige Blick und eine vorgeschobene Unterlippe. „Nein, aber ich esse das nicht!" In solchen Momenten, dachte Sandra, hätte ich gerne von der zauberhaften Nanny, nicht unbedingt die Warzen, sondern lieber den Stock. Wenn sie mit dem auf den Boden klopfte, reagierten die Kinder sofort. Dieser vielleicht auch nicht gleich, dachte Sandra lächelnd und beobachtete Luca, wie er bemüht war, sich in jedem Fall zu behaupten, auch wenn die Unterlippe schon zitterte. Im gleichen Moment hatte sie wieder so eine komische Vision. Sie erinnerte sich erstaunlich klar daran, wie ihr Vater damals reagiert hatte, als ihr Bruder den Spinat nicht essen wollte. Sie atmete tief ein. Das könnte klappen! „Wie alt bist du, Luca?" Verwirrt schaute er sie an. „Ich bin vier." „Ja, dann hast du recht. Dann solltest du das Gemüse auch noch nicht essen. Ich mache gerne etwas extra für dich." Während sie sich zum Herd drehte, beobachtete sie, aus den Augenwinkeln, wie er überrascht, aber siegessicher abzog.

Als alle am Tisch saßen und der Auflauf höchst appetitlich duftete, wurde Luca etwas unsicher. Er hatte einen Teller mit süßem Brei bekommen, aber was die anderen aßen, roch besser. Nachdem Sandra erklärt hatte, weshalb Luca etwas anderes aß, beobachtete sie ihn noch immer von der Seite. Als er seinen Brei schnell gelöffelt hatte, schaute er begehrlich auf die Teller der anderen. Sein Vater, der die Situation schnell erfasst hatte, machte sich zum Vermittler. „Frau Winkler, wäre es möglich, dass Luca, das Essen kosten könnte, wenigstens zwei Löffel?" Luca nickte heftig. „Eigentlich ist es noch nicht für ihn geeignet, aber zwei Löffel können wir verantworten."
In Windeseile war die Kostprobe verschlungen und Luca meldete

sich. „Elias ist auch vier und er bekommt das Essen." „Aber er ist doch sicher der ältere von euch beiden?" „Gar nicht, ich war früher da und das schmeckt mir!" Sandra musste noch immer ihr Lächeln darüber unterdrücken, wie gekonnt jetzt der Kleine um sein Gemüse kämpfte und häufte ihm seinen Teller voll.

Was für ein erfolgreicher Tag, dachte sie abends.

Und dazu gehörte auch der Blick, den Lukas Kaiser ihr zugeworfen hatte, als hätte er etwas in ihr entdeckt, das ihm vorher nicht aufgefallen war. Überraschung, Anerkennung oder mehr, wer weiß, dachte sie müde und zufrieden, bevor sie fast eine Nacht lang von ihm träumte.

Als sie am nächsten Abend wieder mit den Mädchen neue Lieder sang, kam Elias gleich dazu. Manchmal sang er mit, manchmal saß er einfach zufrieden auf dem Boden und strahlte sie an. Luca ließ sich immer noch nicht blicken.

Aber Sandra hatte die vielen Tierbilder in seinem Zimmer gesehen und gut kombiniert. Am Samstag schlug sie deshalb einen Ausflug zum Streichelzoo vor und packte einen Picknickkorb mit vielen Leckereien. Ohne Diskussionen schloss sich auch Luca so schnell an, als hätte er nie Zweifel gehabt.

Sandra hatte sich mittlerweile an die Kinder gewöhnt, sie mit ihren kleinen Eigenarten so lieb gewonnen, dass sie ihr fehlten, wenn sie nicht da waren. Schon den zweiten Sonntag fühlte sie sich in ihrer ruhigen Wohnung nicht mehr wohl. Eigentlich hatte sie erwartet, die Stille zu genießen, aber sie musste ständig an die Kinder denken. Sie vermisste ihr Lachen, sie vermisste die Abwechslung, sie vermisste sogar das verdammte Putzen, das bei soviel Action kaum zu vermeiden war. Hier, in ihrer Wohnung war sowieso nichts zu tun.

Also nutzte sie die Zeit und bastelte eine Art Familienplaner, eine Tafel, an der die Aufgaben der Kinder am jeweiligen Tag symbolhaft vermerkt werden konnten. Da sie bisher nur mit den Mädchen gesprochen hatte, fügte sie Symbole für das Tischdecken und die Blumenpflege unter die Fotos der Mädchen. Natürlich immer mit viel Glitzer und Zubehör in Lila und Pink.

Als sie die Tafel am Montag im Flur, in Augenhöhe der Mädchen angebracht hatte und ihre Pflichten mit ihnen besprach, meldete sich Luca, der seinen Bruder hinter sich her zog.

„Wir wollen auch was machen, ich bin stark. Ich kann schon den Müllbeutel rausbringen. Elias kann das Plastik nehmen, er wächst ja noch."

„Und schreibst du das dann auch an die Tafel und machst ein Bild von uns?" Zum ersten Mal hatte Sandra einen kompletten Satz von dem schüchternen Elias gehört. Und was für einen!

Höchst erfreut darüber, dass ihr Vorhaben so gut angenommen wurde, umarmte sie die beiden und fotografierte sie mit ihrem

Handy. Erst später wurde ihr klar, dass beide völlig mit Schokolade verschmiert waren, aber es störte sie nicht im Geringsten.

Es machte Spaß, mit welchem Eifer sich die Kinder in ihre Aufgaben stürzten und wie sie strahlten, wenn sie gelobt wurden.

Als nächsten Zeiträuber bei der Arbeit, waren Sandra die Böden in den Kinderzimmern aufgefallen. Bevor sie saugen konnte, musste sie jedes Mal erst viele Teile aufsammeln.

Mittlerweile hatte sie große Plastikkästen in den Lieblingsfarben der Kinder besorgt. Dort konnten sie Legosteine, Autos, kleine Puppen und ähnliches immer an dem Tag parken, wenn das Kastensymbol als Zeichen für das Staubsaugen an der Tafel auftauchte.

Es klappte nicht gleich, aber als einige kleine Dinge im Staubsauger verschwunden waren, räumten die Kinder rechtzeitig auf und Sandra fiel das Saugen leichter.

Solche Tipps sollten mehr Mütter untereinander austauschen, überlegte sie. Dann musste sie lächeln, zu diesem Zweck würde sie ja ihr Buch schreiben.

Wenn ein Tag erfolgreich zu Ende ging, wunderte sie sich manchmal noch, dass die Feuchttücher und das Desinfektionsmittel höchstens noch im Bad oder unterwegs zum Einsatz kamen, aber wollte sie das ändern? Überhaupt nicht, dachte sie zufrieden, denn das etwas lässigere Herangehen gefiel ihr viel besser.

Wie hatte ihre Freundin früher im Internat immer doziert? *Es muss sauber aussehen, aber nicht klinisch rein sein!*

An diesen Grundsatz dachte sie wieder, als sie mit den Kindern am Samstag vor der Einschulung backte. Jedes Kind hatte eine bestimmte Aufgabe und einen bestimmten Platz. Das verhinderte jedoch nicht, dass Eigelb auf den Boden gekleckert wurde und Mehl durch die Luft flog. Und natürlich wurden die Schüsseln ausgeschleckt und Schokolade landete nicht nur im Mund, sondern auch an den Händen und im Gesicht, bis hinter die Ohren.

Aber zum Schluss standen zwei verzierte Kuchen und eine große Schüssel Plätzchen für das Zuckertüten-Fest parat und alle waren stolz und glücklich. Auch Sandra, die angesichts des Durcheinanders in der Küche nur die Schultern zuckte und dachte, Familie und etwas Chaos gehören halt immer zusammen. Man muss nur die richtigen Prioritäten setzen. Dann saugte sie das Mehl auf und wischte den Boden.

Nach dem Abendessen würde sie noch etwas dekorieren und schon wäre alles bereit für den großen Tag.

Am späten Abend, als sie schlafen ging, hatte sie immer noch ein Lächeln auf den Lippen und sie träumte schon von Lukas, bevor sie einschlief. Sie hatten gemeinsam den Kirschbaum vor dem Haus mit kleinen Zuckertüten für alle Kinder geschmückt. Die größeren würden Nelly und Shelly später in der Schule bekommen. Anschließend hatten sie noch ein Glas Wein in der Laube getrunken und Lukas hatte ihre Hand genommen und ihr zugeflüstert. „Wir haben Sie gerne bei uns." Irgendwie waren sie dann beim Du gelandet. Sandra seufzte glücklich. Höchst aufregend!

Auch der nächste Tag, an dem sie eigentlich frei hätte, verlief so harmonisch, als würde Sandra voll und ganz zur Familie gehören. Als die Zwillinge voller Stolz mit ihrem Vater von der Einschulung kamen, wartete sie schon mit einem festlich gedeckten Tisch, flankiert von Luca und Elias, die geholfen hatten. Am Nachmittag gab es eine Kuchentafel im Garten und danach Spiele und es wurde immer wieder gesungen, wie in einer richtigen Familie.

Als der Sommer sich dem Ende zuneigte und der Herbst das Wetter dominierte, hatte Sandra eine gute Routine bei der Bewältigung des Haushaltes erreicht. Sie hatte die wichtigsten Zeiträuber enttarnt und gelernt Blöcke zu bilden, zum Beispiel alle Fenster in einem Durchgang.
Es war ihr schon zur Gewohnheit geworden, verschiedene Arbeitsgänge zu verzahnen oder ein Tablett für mehrere Utensilien zu verwenden, um nicht ständig die gleichen Wege wiederholen zu müssen. Und auch den kleinen Wagen mit allen Reinigungsmitteln fand sie hilfreich, wenn mehrere Räume zu reinigen waren.

Der wichtigste Tipp, den sie auch in ihr Manuskript aufnahm, war, sich abends wenigstens 5 Minuten Zeit zu nehmen, um den nächsten Tag zu planen und zu regeln: Wer macht was?

Dann konnten zwar immer noch kleine Pannen passieren, aber kein absolutes Chaos. *Gutes Zeitmanagement,* formulierte sie in ihr Buch, *ist fast unsichtbar. Es hilft, aber kaum einer wird es bemerken.* Außer denen, die es geplant haben und zufrieden sind, dachte sie lächelnd. Die eingesparte Zeit gab ihr mehr Möglichkeiten mit den Kindern zu basteln oder auch ihre Einkaufstouren weiter auszudehnen.

Zwei Tage später schrieb sie die letzten Sätze für ihr Buch und zog Bilanz. Eigentlich müsste ich mir auf die Schultern klopfen, dachte sie, denn es lief viel besser als ich befürchtet hatte.

Sie hatte vieles ausprobiert, das Beste übernommen und anderes verworfen. Jetzt lief der Haushalt wie eine Eins, überlegte sie zufrieden. Die Kinder halfen immer noch begeistert, wo immer sie konnten und hingen jeden Tag mehr an ihr.

Das Manuskript war fertig. Sie würde es an ihren Lektor schicken und abwarten. Es gab nichts mehr zu tun, eigentlich könnte sie jetzt gehen. Sie hatte ihr Ziel, ein neues Buch, erreicht und könnte nun in ihre stille, saubere Wohnung zurückkehren.

Aber sie wollte nicht! Natürlich konnte sie die Kinder nicht einfach wieder sich selbst überlassen, natürlich fühlte sie sich verantwortlich für alles, was sie aufgebaut hatte.

Aber das war nicht alles, es ging um viel mehr. Sie war schon ein Teil dieser Familie und wollte es auch bleiben.

Die Kinder würden sich freuen. Nelly und Shelly hatten schon angedeutet, dass sie für die Rolle einer neuen Mami die Nummer 1 wäre. Und Lukas? Das war ein besonderes Kapitel. Wie würde er es wohl aufnehmen, wenn sie ihm die Wahrheit sagte? Wahrscheinlich nicht gut. Also beschloss sie, sich einfach noch etwas Zeit zu geben, wenigstens bis Weihnachten. Dann hätte sie noch ein wunderbares Weihnachtsfest mit der Familie, ehe sie sich der Realität stellen musste.

Doch die holte sie schneller ein, als sie dachte. Lukas hatte in der Buchhandlung nach Büchern für die Mädchen gesucht, die ihnen mehr Lust auf das Lesen machen sollten, als er einen Aufsteller entdeckte, auf dem das neue Buch von Sandra Winkler angekündigt wurde. Eine Verwechslung war ausgeschlossen, denn die Frau auf dem Foto war seine Sandra, wie er sie in Gedanken schon oft genannt hatte.

Er las nicht weiter, er wollte es gar nicht genauer wissen. Er war fürchterlich enttäuscht und daraus entwickelte sich eine glühende Wut, die ihm fast den Atem nahm Wie konnte diese Frau ihn und seine Kinder nur so hintergehen?

Zurück in seinem Haus stürmte er sofort in die Küche, wo Sandra gerade das Abendessen vorbereitete.

„Ihr Geheimnis ist aufgeflogen. Sie packen sofort Ihre Sachen und verschwinden aus meinem Haus!"

Sandra geriet ins Stottern, sie hatte nicht vermutet, dass Lukas so dramatisch reagieren würde. „Lass dir doch erklären", begann sie. Aber er maß sie nur mit einem vernichtenden Blick.

„Ich habe euch Presseleute so satt. Seit meine Exfrau verschwunden ist, musste ich meine Kinder ständig vor irgendwelchen Paparazzi schützen. Aber dass sich jemand auf so eine fiese Art und Weise in mein Haus schleicht, hätte ich nicht erwartet."

„Aber ich bin doch nicht", setzte Sandra erneut an.

„Ihr restliches Gehalt wird Ihnen überwiesen, sollten Sie in 30 Minuten nicht verschwunden sein, verständige ich die Polizei!"

Was habe ich da nur angerichtet? Schon beim Packen flossen Sandras Tränen ungehindert. Sie hatte nur die Hälfte von dem verstanden, was Lukas ihr vorwarf, aber sie war fest davon überzeugt, dass das ein Missverständnis sein musste. Nur würde sie es nie mehr aufklären können. Alles war aus! Ihr war, als hätte sie gerade mal einen Zipfel des Glücks berührt, als es ihr schon wieder entzogen wurde.

Nach einigen Tagen in der stillen Wohnung waren zwar die Tränen versiegt, aber sie konnte sich zu nichts mehr aufraffen. Es war ihr egal, ob die Wohnung einstaubte oder das Essen im Kühlschrank vergammelte. Sie blieb einfach im Bett liegen, traurig, geschlagen und hoffnungslos, bis ihr Bruder kam.

Natürlich begann er mit einer Standpauke. Aber als er die Zusammenhänge erfuhr, nahm er sie tröstend in den Arm. „Auch wenn du das nicht hören willst, das Leben geht trotzdem weiter. Lukas wird erfahren, dass er sich geirrt hat. Soll er dich so im Bett wiederfinden?"

Beschämt setzte sich Sandra auf, um sich umzusehen. Da war eine Menge zu tun! „Hat sich denn das Ganze wenigstens gelohnt? Ist das Buch gut geworden?"

Jetzt kam wieder Leben in Sandra. Schnell huschte sie in ihr Arbeitszimmer, wo das Bücherpaket des Verlages gelandet war.

„Hier bitte, dein persönliches Exemplar. Übermorgen am Nachmittag ist die erste Lesung. Und jede Menge zu tun", murmelte sie, als sie sich im Raum umsah.

Als es am Abend nach der Lesung klingelte, wollte sie eigentlich nicht öffnen. Sie hatte sich in ihre Couchecke gekuschelt und mit einem Glas Wein für die gute Veranstaltung belohnt.

Aber es könnte ja etwas Wichtiges sein, also öffnete sie die Tür. Da stand Lukas mit einer langstieligen, roten Rose, die er sicher vor Aufregung schon etwas zerdrückt hatte. Sandra hätte am liebsten die Tür wieder zugeschlagen. „Was willst du?"

„Ich warte darauf, dass sich die Erde auftut und mich verschlingt.

Ich war ein solcher Idiot, bitte, verzeih mir!"

Er sah wirklich sehr zerknirscht aus. „Ich habe meinen Ärger über die Klatschpresse an dir ausgelassen, das war falsch. Es tut mir so leid. Wir vermissen dich sehr, den Kindern fehlst du und mir auch. Bitte, komm zurück." Sandra zögerte noch, als er fortsetzte.

„Wollen wir nicht etwas trinken gehen und darüber reden, warum ich mich so dämlich aufgeführt habe?" „Warum nicht", brachte Sandra mühsam über die Lippen. „Aber bei der nächsten Unterstellung in ich weg."

Zwei Stunden später waren alle Missverständnisse ausgeräumt und Sandra überglücklich. Lukas hatte ihr in dem gemütlichen Weinlokal erzählt, wie schwierig die Zeit für ihn und die Kinder nach dem Verschwinden seiner Exfrau war. Paparazzi hatten nicht nur vor dem Haus campiert und Nelly und Shelly belästigt, sie waren sogar ins Haus eingedrungen, nur um an die begehrten Fotos der Kinder zu kommen.

Und Lukas hatte ihr gestanden, dass seine Enttäuschung deshalb so groß war, weil er schon lange in sie verliebt war.

Als dann Sandras Bruder ihm das Buch zugeschickt und er Sandras berührende Widmung gelesen hatte, mit der sie sich bei der gesamten Familie bedankte, war er sich wie der letzte Trottel vorgekommen.

Aber jetzt war alles wieder gut! Sie hatten das Weinlokal verlassen und schlenderten am Park entlang zum Auto.

Sandra hatte vielleicht ein Glas Wein zu viel getrunken oder konnte man vor Glück so schweben? Manchmal musste sie sich deshalb an Lukas festhalten, dem das natürlich gefiel.

Und küssen konnte der Mann und diese gefühlvollen Hände, während er im Auto ihren Gurt sorgfältig schloss.

Sie geriet immer mehr ins Schwärmen und stutzte erst, als er vor seinem Haus hielt. „Aber die Kinder", flüsterte sie.

„Kein Problem", lächelte er und führte sie in seiner Werkstatt eine Treppe empor.

„Oh, du hast hier ein großes Bett gebaut", lachte sie entzückt.

„Das ist meine Überraschung für dich. Bei vier Kindern brauchen wir beide eine Tabu-Zone." „Stimmt", lachte sie und ließ sich gemeinsam mit ihm auf das Bett fallen. „Und wenn es mehr werden, erst recht."

Statt Weiß, trag Rot!

„Wieder nichts!" Jana Thieme hatte gerade die Post aus ihrem Briefkasten genommen und kurz überflogen. Nur ein Brief und wieder eine Absage. Enttäuscht ging sie zurück in ihre kleine Erdgeschosswohnung und kochte sich einen starken Kaffee. Der half ihr eigentlich immer, wenn sie gründlich nachdenken musste. Aber so langsam gingen ihr auch mit Kaffee, die Ideen aus.

Seit sie arbeitslos geworden war, hatte sie sich bereits mehr als hundert Mal beworben, häufiger als das Arbeitsamt von ihr erwartete. Denn Jana wollte unbedingt wieder einen Vollzeitjob, ein geregeltes Leben und bloß nicht Hartz IV.

Aber das war mit 55 Jahren fast unmöglich. Sie hatte so viele Absagen bekommen, vorgetäuschtes Mitleid und abschätzige Blicke erlebt, dass andere daran zerbrochen wären. Doch Jana kämpfte und sie kämpfte schon sehr lange.

Alles begann vor drei Jahren, als sich Friedwart, mittlerweile ihr Exmann, mit ihrem gemeinsamen Geld und seiner Assistentin absetzte und sie mit den Schulden für das große Haus einfach sitzen ließ. Jana hatte immer gearbeitet und bescheiden gelebt, es aber nie geschafft, Friedwart von seinen Höhenflügen abzubringen. Sie hatten sich mit der Zeit auseinandergelebt und Jana rechnete eher mit einer einvernehmlichen Scheidung.

Danach hätten sie das große Haus verkaufen und den Kredit ablö-
sen können. Mit dem Restgeld wäre beiden eine gute Chance auf
ein neues Leben verblieben. Ihr Ex hatte das leider nicht so gesehen
und so saß sie über Nacht auf einem Riesenschuldenberg.

Zum Glück halfen ihr ihre Freundin Heidi und ihr Bruder, das
Haus zu einem annehmbaren Preis zu verkaufen. Damit konnte
Jana den Kredit tilgen und sich eine winzig kleine Wohnung suchen. Aber auch danach tauchten immer noch unbezahlte Rech-
nungen und wütende Gläubiger auf, die dafür sorgten, dass sie
kaum nennenswerte Rücklagen bilden konnte.

Als wirklich alles abbezahlt war und sie zum ersten Mal aufatmen
konnte, wurde die Firma, in der sie arbeitete, verkauft. Alle Mitar-
beiter, die älter als 50 Jahre waren, wurden nicht übernommen.

Diesen erneuten Schicksalsschlag hatte sie nicht kommen sehen
und sie konnte ihn auch nur ganz schwer verkraften. Denn jetzt
waren ihr die Hände gebunden, Jetzt konnte sie selbst kaum etwas
tun, außer Bewerbungen schreiben und warten. Dabei fühlte sie
sich von Tag zu Tag hilfloser. Früher wurde sie gebraucht, weil sie
auch immer bereit war zu helfen. Sie war sich für keine Arbeit zu
schade gewesen.

Ganz früher hatte sie Maschinenbau und Ingenieurspädagogik studiert und als Ingenieurin in einem großen Betrieb gearbeitet und
auch in der angeschlossenen Fachschule unterrichtet.

Aber nach der Wende, gab es dieses Werk nicht mehr und auch keine Stellen für weibliche Ingenieure.

Kurzentschlossen hatte Jana umgeschult und dabei ihr Wissen aus dem Studium doch noch nutzen können. Sie blieb im Maschinenbau und übersetzte und formulierte als zuständige Redakteurin Gebrauchsanweisungen für Elektrogeräte.

Das war eine Arbeit, die ihr gut gefiel und auch viel Anerkennung einbrachte. All das fehlte ihr jetzt.

Jede neue Absage, jede zerstörte Hoffnung ließ sie etwas kleiner werden, ließ ihr Selbstwertgefühl weiter schrumpfen.

Aber sie gab nicht auf, sie ließ sich nicht hängen, das nicht.

Sie fand immer eine Beschäftigung. In dem Wohnblock, in den sie weit vom Stadtzentrum entfernt gezogen war, gehörte ein kleiner Garten auf der Rückseite des Hauses zur Erdgeschosswohnung. Direkt von der Loggia führte eine Treppe in ihr grünes Reich, zurzeit Janas einzige Freude. Hier konnte sie sich stundenlang beschäftigen und die Pflanzen dankten es ihr, indem sie besonders üppig blühten.

Der nette Mieter in der größeren Wohnung über ihr, hatte sie wahrscheinlich auch deswegen gebeten, seine Pflanzen zu gießen, wenn er länger unterwegs war. Jedes Mal, wenn er zurückkam, brachte er ihr eine Kleinigkeit mit und lud sie zum Kaffee ein. Ein sehr netter Mann! Wenn sie nicht allen Männern abgeschworen hätte, wer

weiß? Jana seufzte, manchmal hatte er auch etwas enttäuscht ge-
wirkt, wenn sie so schnell wieder verschwand.

Dabei konnte Herr Thein so spannend von seinen Reisen erzählen.
Vieles davon würde sie auch gerne sehen, aber dazu fehlte ihr einfach das Geld. Sie seufzte noch einmal. Jetzt musste bald etwas
passieren, sonst war Hartz IV wirklich nicht mehr zu vermeiden.

Dabei würde sie einfach jeden Job nehmen, obwohl ihre Freundin
Heidi sie immer warnte, das wäre ein schlimmer Fehler. Wenn sie
mehr Selbstbewusstsein ausstrahlen würde, hatte Heidi doziert,
könnte sie jeden Job haben. Jana seufzte ein drittes Mal.
Woher sollte sie Selbstbewusstsein bekommen, wenn jeder auf
ihren Gefühlen herum trampeln konnte?
Manchmal hatte sie den Eindruck, für andere fast unsichtbar zu
sein. Erst gestern im Supermarkt hatte sie so ein Yuppie-Typ einfach angerempelt und sich vor ihr an die Kasse gestellt. Und sie
war nicht in der Lage gewesen, sich angemessen zu wehren, weil
der Typ vielleicht eine wichtige Arbeit machte und sie nicht.

Am nächsten Morgen, Jana saß gerade an der Nähmaschine, um die
Ärmel eines Kleides umzusäumen, als es klingelte. Der freundliche
Zusteller reichte ihr ein schmales Päckchen und verschwand wieder. Jana betrachtete es überrascht und überlegte. Sie hatte nichts
bestellt, also wer schickte ihr etwas? Obwohl sie doch etwas neu-

gierig war, legte sie es zunächst in die Küche, um ihre Arbeit zu beenden. Wahrscheinlich war es sowieso nur eine Werbesendung. Zurück an der Nähmaschine ging ihr die Arbeit so leicht von der Hand und sie konnte sie schnell beenden.

Dann schlüpfte sie rasch in das Kleid und betrachtete sich in dem großen Flurspiegel. Das satte Dunkelrot passte gut zu ihren graugrünen Augen und den dunkelblonden Haaren, die durch die Sommersonne schon etwas heller schimmerten.

Sie ließ den weichen Stoff durch die Finger gleiten. Es war richtig, die festliche Garderobe von früher umzuarbeiten, denn viele Festlichkeiten würde es für sie nicht mehr geben.

Zum Glück war ihre Kleidergröße immer noch die 38, die sie schon seit dreißig Jahren trug. Also hatte sie kurzentschlossen zwei weiße Blusen und dieses helle Nachmittagskleid in ein schönes Granatrot eingefärbt.

Jetzt mit den gekürzten Ärmeln, war es ein hübsches Sommerkleid. Und mit den Blusen und einem Rock im gleichen Farbton, würde sie auch bei einem Vorstellungsgespräch bestehen können. Wenn es denn endlich eines gäbe! Seufzend hängte sie das Kleid in den Schrank.

Dann erinnerte sie sich wieder an das Päckchen, das noch immer in der Küche lag. Sie öffnete es neugierig und fand darin ein Buch mit dem Titel „Ein starkes Selbst – Wie Sie alles erreichen, was Sie wollen!" Wer schickte ihr denn sowas? Das konnte doch nur Heidi gewesen sein, denn in der Sendung fehlte die Rechnung. Die hatte offensichtlich schon jemand übernommen.

Jana nahm das Buch und die Sonnenbrille mit in ihren Garten und setzte sich. Wie immer freute sie sich zuerst an dem Anblick der üppigen Clematis und des Efeus, die die Betonwand mit leuchtendem Grün und zartem Rosa verhüllten.

Auf den Sträuchern glitzerten noch die Wassertropfen vom morgendlichen Gießen. Einfach schön!

Sie schlug das Buch auf. Interessiert begann sie zu lesen, legte es aber wenige Minuten später wieder betroffen zur Seite, weil sie das, was da stand, zutiefst nachempfinden konnte. *Was wir ausstrahlen, kommt auch wieder zu uns zurück. Wer sich selbst schätzt, wird auch von anderen respektiert. Hat man jedoch von sich ein negatives Bild, dann lädt man andere regelrecht ein, einen auch schlecht zu behandeln.*

„Das stimmt", flüsterte sie, obwohl sie keiner hören konnte. „Aber was mache ich dagegen?" Das Buch enthielt eine ganze Reihe von Vorschlägen.

Einer gefiel ihr besonders gut. Man sollte unbedingt die innere Stimme abstellen, die schon automatisch im Hinterkopf ablief und ständig kritisierte oder eher runtermachte. Zunächst galt es genau hinzuhören und die Stimme zu identifizieren.

Trotz des tröstlichen Vogelgezwitschers erkannte Jana in den ständigen kritischen Bemerkungen sofort Friedwarts Tonfall. „Nein!"

Wütend trat sie gegen den großen Stein, der die Rabatte abgrenzte.

„Du wirst mein Leben nicht mehr bestimmen!"

Wie in dem Buch empfohlen, setzte sie jetzt als neue Stimme, die ihrer früheren Lieblingslehrerin ein. Frau Lehmann hatte ihr immer Mut gemacht. *Jana, du schaffst das, du kannst viel mehr, als du glaubst!*

Dieser Satz hatte ihr in der Schule und später im Studium oft geholfen und würde das auch wieder tun. Da war sie sich ganz sicher.

Mit neuem Respekt betrachtete sie das Buch.

Wenn sie sich jeden Tag eine neue Aufgabe suchen und sie dann umsetzen würde, dann müsste die Sache mit dem Job, doch auch irgendwann zu schaffen sein.

Mit leichtem Bedauern legte sie das Buch zur Seite, denn jetzt musste sie sich beeilen, um noch rechtzeitig zu der angeordneten Trainingsmaßnahme zu kommen, die das Arbeitsamt für unverzichtbar hielt.

Zwei Tage später ging sie zu einem Vorstellungsgespräch, das ihr das Amt vermittelt hatte. Obwohl es wieder mit einer Absage endete, war sie nicht so niedergeschlagen, wie sonst. Die Personalleiterin war sehr freundlich zu ihr gewesen, hatte ihr aber auch klargemacht, dass ihre Chancen in technischen Bereichen minimal seien, zum einen weil sie eine Frau war und dann auch noch über die furchterregende Zahl 50.

„Frau Thieme", hatte sie betont, „Sie haben hervorragende Ausbildungen. Warum bewerben Sie sich damit nicht in einem völlig anderen Bereich, wo Arbeitskräfte händeringend gesucht werden? Mit ihren Fähigkeiten könnten Sie doch auch als Quereinsteiger woanders bestehen, beispielsweise im Schuldienst oder im sozialen Bereich."

Jana hatte zwar entsetzt den Kopf geschüttelt, aber die Idee war dennoch hängengeblieben. Verfügte sie wirklich über Fähigkeiten, die sie auch in anderen Bereichen nutzen könnte? Wieder zuhause kochte sie sich ihren geliebten Kaffee und blätterte neugierig die nächsten Seiten in ihrem Buch.

Da gab es eine Übung, die hieß *Ich bin Klasse!*. In die Strahlen einer großen, lachenden Sonne, sollte Jana die Eigenschaften und Fähigkeiten eintragen, über die sie verfügte. Als Anregung gab es einige Vorschläge, aus denen sie alle zutreffenden auswählen konnte. Als sie ihre Auswahl beendete, stand auf ihrem Arbeitsblatt: *Ich bin: anpassungsfähig, geduldig und zuverlässig.*

Ich kann gut: organisieren, andere motivieren, den Garten pflegen.
Dieses Ergebnis betrachtete sie doch etwas enttäuscht.

Klar, da war einiges dabei, das sie früher nicht so gesehen hätte.

Aber eigentlich könnte sie damit alles oder nichts machen.

Das würde das nicht ausreichen, um einen Arbeitgeber in einem völlig anderen Bereich von sich zu überzeugen.

Und Klasse fand sie sich schon gar nicht! Vielleicht hätte ich mehr Fähigkeiten auswählen sollen, überlegte sie, schließlich hatte sie im

Laufe ihres Lebens einiges gelernt oder sich selbst beigebracht. Aber welche Stelle würde dazu überhaupt passen? Quereinsteiger hatte die Personalleiterin gesagt. War sie dazu nicht schon zu alt? Seufzend schloss sie das Buch, um sich ihrer Hausarbeit zu widmen. Morgen war auch noch ein Tag.

Während Jana noch über ihrem Buch gegrübelt hatte, wurde in der Wohnung über ihr telefoniert. Andreas Thein war Wissenschaftsjournalist aus Leidenschaft. Die meiste Zeit seines 60-jährigen Lebens hatte er sich mit wissenschaftlichen Fragen beschäftigt oder auch selbst geforscht. Seine Interessen waren so breit gestreut, dass ihn seine Chefredakteurin gerne als ihre Allzweckwaffe bezeichnete und auch nutzte.

Zurzeit erwartete sie von ihm eine objektive Bewertung der Wirkung von Edelsteinen auf den Menschen. „Wir haben einen Leserbrief", erklärte sie ihm am Telefon, „in dem unter anderem die Wirkung von Granatsteinen auf die Psyche des Menschen beschrieben wird. Ich hätte gerne von dir dazu eine kurze Expertise, aber so, dass es Otto Normalverbraucher auch noch versteht."

Andreas Thein verdrehte bei den üblichen Bemerkungen nur die Augen und lächelte.

„Kein Problem. Aber schick mir nicht den gesamten Text, sondern nur, was über die Steine gesagt wird. Dann muss ich auch nicht auf irgendwelche Mutmaßungen eingehen."

Als er aufgelegt hatte, wandte sich die Chefredakteurin an den neuen Praktikanten. „Würden Sie bitte gleich nur den Text in den Anführungsstrichen an Herrn Thein mailen. Seine E-Mail-Adresse finden Sie im Adressbuch unter…Nein, lassen Sie das. Es muss ja schnell gehen. Schicken Sie es einfach an Nessebar78@gmail.de. Vielen Dank."

Hätte sie gesehen, dass der eifrige Praktikant aus der 78 eine 87 gemacht hatte, hätte das Ganze einen völlig anderen Verlauf genommen.

Am nächsten Morgen, als Jana am Laptop ihr Postfach öffnete, wunderte sich über eine Mail, deren Absender ihr überhaupt nichts sagte.

Eigentlich öffnete sie solche Mails nicht, aber in der Betreffzeile wurden Granatsteine erwähnt. Das erinnerte sie an die Halskette und das Armband, das sie von ihrer Großmutter geerbt hatte. Der Text schien ein Auszug aus einem Buch oder einer Zeitschrift zu sein, auf jeden Fall faszinierend:

„Als kubisch-tertiäres Mineral hilft Granat bei großen Veränderungen, Umwälzungen und scheinbar aussichtslosen Situationen. Er gibt in schwierigen Zeiten die Kraft, sich immer wieder zu überwinden und das Notwendige zu tun, und fördert als Inselsilikat Widerstandskraft, Ausdauer und Durchhaltevermögen. Granat hilft, sich von veralteten Vorstellungen, Weltanschauungen, Gewohnheiten und Verhaltensmustern zu lösen, um offen zu sein für

neue Perspektiven. Dabei ermöglicht er, Fehler der Vergangenheit zu analysieren, um sie später zu vermeiden, ohne dabei Selbstwert und Selbstachtung zu verlieren. Insofern ist er tatsächlich ein Stein, der hilft, Extremsituationen zu meistern und Krisen zu überwinden."

„Das passt ja genau auf mich!" Jana hatte es in ihrer Verblüffung ziemlich laut gerufen, schaute sich aber sofort prüfend um. Hoffentlich hatte das keiner gehört! Sie erinnerte sich gelesen zu haben, dass Selbstgespräche das Denken klären können, aber man musste ja nicht übertreiben. Diese Mail war wirklich auf ihre Situation zugeschnitten. Offen für neue Perspektiven, darum bemühte sie sich doch gerade.

War diese Mail ein Zufall oder gab es wirklich unsichtbare Helfer, die eingriffen, bevor die Lage aussichtslos war? Sie seufzte. Das würde sie natürlich nie erfahren, aber nutzen konnte sie es doch. Am besten gleich!

Tief unten in ihrem Schmuckkästchen fand sie das schon etwas abgegriffene Etui. Sie öffnete es und die Erinnerungen an Großmutter Rosalie ließen sie wieder seufzen. Sie und die Halskette hatten immer zusammengehört. Und was für eine starke Frau war sie gewesen! Aus ärmlichen Verhältnissen stammend, hatte sie nach dem Krieg Medizin studiert und lange Zeit als Landärztin praktiziert. So gerne wie sie Ärztin war, so gerne hatte sie nach

Feierabend ihren weißen Kittel ausgezogen und am häufigsten dunkelrote Kleider getragen und dazu ihren Lieblingsschlager geträllert *Statt weiß, trag rot, das ist die Farbe der Liebe.*

An das Armband erinnerte sich Jana nicht so gut, vielleicht war es bei der Arbeit hinderlich gewesen. Jana nahm die Silberkette, den Anhänger und das Armband und suchte ein Silberputztuch. Nach wenigen Handgriffen funkelten die drei großen Granatsteine in ihrer Silberfassung wie früher.

Nachdem sie auch die Kette und das Armband gereinigt hatte, legte sie sich die Kette um. Als sie in den Spiegel sah, konnte sie ein entzücktes Lächeln nicht unterdrücken. Das sah echt gut zu ihrer dunkelroten Bluse aus. Der Anhänger war neben der Knopfleiste nur teilweise zu sehen, aber die gleiche Farbgebung ließ beides richtig strahlen.

Dann stutzte sie. Irgendwie sorgte die Kette dafür, dass sie sich aufrichtete, gerader stand und selbstbewusst den Kopf hob. Die Steine fühlten sich dazu noch angenehm warm auf der Haut an. Gleichzeitig hatte sie das Gefühl, als ob ihr jemand den Arm um die Schultern legen und ihr sagen würde: *Du bist nicht allein.*

Jetzt lachte sie und schüttelte den Kopf. Das kann doch gar nicht sein! Aber es war ein gutes Gefühl und wenn es helfen würde, wer brauchte da schon eine wissenschaftliche Begründung oder?

Und das Gefühl blieb, es wurde sogar noch stärker.

Als sie sich noch einmal die Liste vom Vortag vornahm, konnte sie sich überhaupt nicht erklären, wieso sie sich nur 3 Fähigkeiten zugeschrieben hatte. „Ich kann doch viel mehr!" Das sagte sie laut. Nicht um sich selbst zu überzeugen, sondern weil es jetzt einfach stimmte. „Ich kann wissenschaftliche und technische Zusammenhänge gut erklären, ich kann Handhabungen so formulieren, dass sie jeder sofort begreift usw."

Nach kurzer Zeit hatte sie 25 Fähigkeiten aufgelistet und fühlte sich jetzt wirklich Klasse.

Als sie anschließend mit ihrem Buch im Garten saß, neugierig auf weitere Aufgaben, hörte sie von oben ein zartes Stimmchen. „Hallo, darf ich mal in deinen Garten kommen?" Jana schaute auf die Loggia über ihr, wo sich ein kleines Mädchen mit Zöpfen gefährlich weit über die Brüstung beugte. „Ich bin Jessica, mein Opi telefoniert schon so lange. Kann ich dich besuchen?" Jana lächelte. „Gerne Spätzchen, ich erwarte dich an der Tür."

Die Enkelin des netten Herrn Thein war ein aufgewecktes Kind. Sie schien auch keine Scheu zu kennen, sondern plapperte munter darauf los. Bei Janas Clematis, die sie aufmerksam betrachtet hatte, blieb sie einige Minuten stehen. „Deine Clematis ist viel größer als unsere. Womit düngst du?" Jana wunderte sich zwar über die sonderbare Frage, antwortete aber lächelnd. „Mit Hornspänen wird jede Clematis so üppig."

Jessica setzte ihren Beobachtungsgang mit auf dem Rücken verschränkten Armen fort und nickte weise. „Gut zu wissen."

Jana betrachtet sie immer noch erstaunt. Hatte sie schon jemals ein Kind so etwas gefragt? Jessica hatte inzwischen ihren Rundgang beendet, setzte sich neben sie und blickte prüfend auf ihre Hände und berührte die Daumen.

„Mein Opi sagt, dass läge an deinem grünen Daumen. Stimmt gar nicht!"Die Kleine ist wirklich entzückend, dachte Jana und suchte die Dose mit den Keksen, die sie für die Enkel ihres Bruders immer parat hatte.

„Wie alt bist du eigentlich?" Jessica sah sie etwas altklug an.

„Ich bin 4,75. Das heißt, ich werde bald fünf. Es fehlen nur noch 25% der Zeit bis dahin." Jana sah sie überrascht an. „Hast du das ausgerechnet?" „Ja, natürlich, ich tippe die Zahlen auf meinem Taschenrechner. Schreiben kann ich sie noch nicht so schnell. Das hat noch Zeit, bis ich mit dem Wurzelziehen beginne, hat meine Mami gesagt. Aber Lesen kann ich schon."

Jana wusste nicht, ob sie irgendetwas an diesem Kind noch überraschen konnte. „Hast du das Rechnen in der Kita gelernt?"

Bei dieser Frage lachte Jessica vergnügt auf. „Das musste ich nicht. Ich bin doch bei den Kleinen Schlaumeiern, da können alle schon Lesen und Rechnen, manche noch viel mehr. Und wir sind keine Kita, sondern ein Kindergarten, so wie ihn Friedrich Fröbel vor 179 Jahren begründet hat."

Jana war beinahe der Mund vor Staunen offen geblieben, da unterbrach sie eine männliche Stimme von oben. Andreas Thein beugte sich über die Brüstung. „Ich hoffe, Jessica hat Sie nicht zu sehr gestört. Ich hatte ein längeres Auslandsgespräch, soll ich sie abholen?" „Das musst du nicht, Opi, wir haben hier ein sehr interessantes Gespräch."

Jana lachte. „Das stimmt, sie kann gerne noch bleiben und auch mit mir Mittag essen."

„ Vielen Dank, dann kommt sowieso meine Tochter, um sie abzuholen." Andreas Thein verschwand wieder in seiner Wohnung.

„Danke, dass ich bleiben darf. Mein Opi ist sehr nett, aber er liest soviel und redet nicht mit mir, schon gar nicht über Frauensachen. Ich glaube, er mag dich."

Jana lachte verlegen. „Wie kommst du denn darauf?" Jetzt grinste Jessica spitzbübisch. „Er redet viel von dir und dann hat er immer diesen besonderen Blick. Meine Mami sagt auch, er hat bestimmt eine neue Freundin, zeigt sie uns aber nicht."

Jana schüttelte den Kopf. War sie in diesem Alter auch schon so aufgeweckt gewesen? Vermutlich nicht. „Wo ist denn eigentlich deine Mami? Arbeitet sie?"

„Nein, heute nicht, sie hat einen Arzttermin und anschließend will sie mit mir Schuhe kaufen. Deswegen haben wir beide heute frei. Jetzt ist meine Mami beim Gynäkologen. Ich werde vielleicht bald eine kleine Schwester bekommen, das wünsche ich mir schon so lange. Ein Bruder würde auch ausreichen, aber er wäre wirklich nur zweite Wahl. Mädchen sind einfach klüger."

So verlief das Gespräch für den Rest des Vormittags mit viel Gelächter und Jana konnte sich nicht erinnern, jemals eine so vergnügliche Zeit erlebt zu haben. Wenigstens nicht in den letzten drei Jahren.

Als Jessica gegangen war, ergänzte sie die Liste ihrer Fähigkeiten noch so: *Mit Kindern kann ich auch gut umgehen!*

Und natürlich prüfte sie im Internet nach, wann Fröbel den ersten Kindergarten gegründet hatte. Tatsächlich hatte Jessica recht. 1840 eröffnete die erste Einrichtung dieser Art weltweit.

Was für ein kluges, liebenswertes Kind! So eins hätte ich auch gerne gehabt, überlegte sie. Aber leider war es ihr nicht vergönnt gewesen.

Am nächsten Tag war wieder ein Termin mit ihrer Beraterin vom Arbeitsamt fällig. Noch voller Elan von den Vortagen und mit den Wundersteinen auf ihrer Haut, erkundigte sich Jana nach Möglichkeiten für Quereinsteiger.

Die Beraterin war erstaunt, dass sie sich mit 55 Jahren noch die Mühe einer zusätzlichen Ausbildung machen wollte, erläuterte ihr aber die rechtlichen Möglichkeiten sehr genau.

„Sie müssen sich aber auch darauf gefasst machen, dass Quereinsteiger bei den Kolleginnen und Kollegen vor Ort nicht sehr beliebt sind, weil sie zwar schon im Personalschlüssel erfasst, aber durch die Ausbildung weniger häufig anwesend sind. Wenn Sie eine Schule oder eine Kita finden, die Sie nimmt, können wir die Formalien sehr schnell erledigen."

Das lief wirklich gut, wunderte sich Jana noch auf dem Heimweg. Anfangs hatte sie der Gedanke entsetzt, sich schon wieder in ein völlig neues Gebiet einzuarbeiten, aber jetzt freute sie sich schon fast darauf.

Als sie an einem Lebensmittelladen vorbeikam, nutzte sie die Gelegenheit gleich, um noch frisches Gemüse mitzunehmen.

Und wie immer gab es an der Kasse eine lange Schlange.

Mit leisem Bedauern erinnerte sich Jana an die Schnellkassen, die es früher gab. An denen war sie mit kleinem Einkauf immer ohne lästige Warterei vorbeigekommen.

Heute musste man eben geduldig sein und das tat sie, aber nicht lange. Wie vor einer Woche huschte ein junger Mann einfach an ihr vorbei, sah sich suchend um und legte dann seinen Einkauf vor ihr auf das Kassenband.

Jana holte tief Luft. Jetzt ist aber Schluss! Jetzt reicht`s, dachte sie wütend, äußerlich blieb sie fast gelassen. „Junger Mann, wenn Sie eine Brille brauchen, sollten Sie zum Optiker gehen. Mit Brille hätten Sie gesehen, dass wir hier alle warten. Stellen Sie sich also bitte hinten an!"

Jetzt klopfte ihr Herz doch ein wenig schneller. Aber sie hatte es geschafft, sie hatte sich durchgesetzt und würde sich nie wieder übersehen lassen. Toll, was die Steine alles bewirkten.

„Das haben Sie echt gut gemacht", flüsterte die junge Frau hinter ihr. „Ich hätte mich das nicht getraut."

Jana lächelte, auch ein bisschen stolz. „Eigentlich war es gar nicht so schlimm. Beim nächsten Mal machen Sie es einfach genauso."

Noch auf dem Heimweg musste sie kichern, wenn sie an den jungen Mann dachte, der völlig überrascht und mit puterrotem Gesicht nach hinten geschlichen war.

Zuhause rief sie ihre Freundin Heidi an, die aber offensichtlich unterwegs war. Deswegen hinterließ sie nur ein Dankeschön für das tolle Buch und das Versprechen, sich später zu melden.

Nach einem kurzen Mittagessen hatte sie nach weiteren Informationen im Internet gesucht, entschied sich dann aber bei dem geringen Angebot lieber für einen Spaziergang. Irgendwie fühlte sie sich rastlos, als ob sie etwas tun müsste, hätte aber vergessen, was genau das war. Eigentlich ist es mehr eine Mischung aus Vorfreude und der ungeduldigen Frage, wann es denn endlich losgeht, überlegte sie.

Dann musste sie über sich selbst lachen. Als ob so ein Job um die nächste Ecke warten würde und ich hätte die größte Angst davor, achtlos vorbeizugehen, dachte sie belustigt. Aber an diesem Gefühl schien doch eine Menge daran zu sein, denn ihre Sinne waren in gewisser Weise geschärft. Sie nahm jeden Anschlag, jedes Plakat, jede Ankündigung viel genauer wahr.

Aber leider war kein Angebot für sie dabei. Trotzdem blieb ihre positive Grundstimmung, die Lösung musste schon ganz in der Nähe sein.

Am Wochenende, als sie wieder mit ihrem Buch im Garten saß, klingelte es. Sie öffnete und sah Jessica, die mit großen, ängstlichen Augen vor ihrer Tür stand. „Du musst gleich mit mir kommen. Mein Opi ist gestürzt und wir kommen nicht an sein Handy."

Sie zog Jana schnell zur Treppe und flüsterte ihr vertraulich zu. „Er schwitzt ganz toll und sagt schlimme Wörter. Auch solche, die ich noch nie gehört habe. Das macht er aber nur, wenn er denkt, ich kriege das nicht mit."

In der Wohnung saß Andreas Thein mit schmerzverzerrtem Gesicht auf dem Sofa. „Ich kann leider nicht mehr aufstehen. Das Bein scheint gebrochen zu sein und mein Handy ist unters Sofa gerutscht. Wir erreichen es beide nicht."

Trotz der ernsten Situation konnte Jana ein Lächeln kaum unterdrücken. So oft hatte er ihr von extremen Situationen erzählt, aus denen sich sein Team befreien musste. Und jetzt saß er eigentlich nur auf einer Couch, aber hilflos!

Schnell bückte sie sich und angelte das Handy hervor, das weit nach hinten gerutscht war.

„Sie brauchen einen Notarzt." Zweifelnd sah er sie an. „Ich dachte, ich rufe ein Taxi und fahre in die Klinik."

Typisch Mann, dachte sie und verkniff sich wieder ein Lächeln.

„Das geht natürlich auch, wenn der Fahrer Sie nach unten trägt."

Das brachte ihn sofort zur Vernunft und er rief den Notarzt.

Bis der kam dauerte es einige Zeit, in der Jana für alle Tee und Saft zubereitete und die ängstliche Jessica beruhigte.

Dann räumte sie die Scherben des großen Blumentopfes weg, über den Herr Thein gestürzt war.

„Frau Thieme, vielen Dank. Ich weiß gar nicht, was ich heute ohne Sie gemacht hätte. Tut mir leid, dass wir Ihr Wochenende stören."

Nachdem er auf die Uhr gesehen hatte, der Notarzt ließ noch auf sich warten, grinste er, immer noch ein wenig mühsam.

„Ich will ja nicht vor Schmerzen wimmern, also sage ich lieber etwas anderes. Sie sehen heute ganz bezaubernd aus, so frisch, so strahlend."

Jana errötete vor Freude, aber nur ein wenig. „Das liegt am Rot der Bluse." „Vielleicht, sie steht ihnen wirklich sehr gut."

„Was mein Opi wirklich sagen möchte", mischte sich Jessica ein, „ist, dass er gerne mal mit dir ausgehen möchte. Wenn das Bein wieder gesund ist."

„Also Jessy", setzte Andreas Thein an, aber die winkte nur ab.

„Ich weiß, ich bin vorlaut, aber ihr schafft das sonst nicht allein, wenn ich euch nicht helfe."

Der nächste erzieherische Ansatz des Großvaters wurde im Keim erstickt, denn in diesem Moment klingelte der Notarzt und rettete die kesse Jessica. „Kümmern Sie sich bitte um Jessy, bis sie abgeholt wird und um meine Pflanzen", hörte Jana noch, dann verließen die Sanitäter mit dem Tragesessel die Wohnung. Nur gut, dass ich die Wohnungsschlüssel habe, überlegte Jana. So konnte sie sonst schnell die Blumenpflege übernehmen, aber heute war es ganz wichtig gewesen, denn so pfiffig Jessica sonst war, heute hatte sie in ihrer Aufregung die Wohnungstür zufallen lassen.

Bis sie von ihrer Mutter abgeholt wurde, nahm Jana sie mit nach unten und erlebte wieder einen vergnügten Tag mit dem liebenswerten blondgelockten Plappermäulchen.

Am Abend erreichten sie zwei Anrufe. Der erste kam von Herrn Thein, der sichtlich erleichtert war.

„ Ich habe wirklich noch Glück im Unglück gehabt, es ist keine Operation nötig. Man kann es konservativ behandeln und ich bekomme nicht einmal ein Gipsbein zum Angeben, sondern heute Abend noch eine Vakuumschiene. Mit der kann ich dann aber schon wieder gehen. Also werde ich morgen auch entlassen. Noch einmal vielen Dank für Ihre Hilfe. Ich melde mich morgen."

Der zweite Anruf kam von Heidi. Ihre Freundin lauschte höchst interessiert, Janas Bericht darüber, was sich in so kurzer Zeit alles getan hatte. „Es tut wirklich gut, dich wieder so agil und so unternehmungslustig zu erleben. Ich wusste gleich, dass dieses Buch für dich genau richtig ist. Und toll, was durch die Granate alles passiert." „Und du hast mir wirklich nicht diese Mail über die Steine zukommen lassen?" Jana hatte sich bisher immer noch mit dieser Überlegung beruhigt, denn alles andere wäre doch wirklich suspekt.

Nachdem Jana am nächsten Morgen ein paar Unkräuter aus ihren gepflegten Beeten gezupft und alles gegossen hatte, war sie gerade dabei, ihr Mittagessen vorzubereiten, als es klingelte.

Vor der Tür stand Herr Thein, war aber kaum wahrzunehmen durch den Riesenblumenstrauß, den er ihr entgegen hielt, um ihr zum wiederholten Mal für ihre Hilfe zu danken.

Jana war ganz gerührt über soviel Aufmerksamkeit und bat ihn herein. Er bewegte sich etwas steif, aber sonst war kaum etwas von dem lädierten Bein zu bemerken.

„Haben Sie überhaupt schon etwas zu essen bekommen. Ich mache einen Gemüseeintopf, der reicht für uns beide". Herr Thein, der sich an seine Fertigmahlzeit im Tiefkühlfach erinnerte, nahm dankend an.

Nach dem Essen tranken sie noch gemeinsam Kaffee und unterhielten sich angeregt, bis Andreas Thein schweigsamer wurde, sich dann aber räusperte und zweimal zum Sprechen ansetzte.

„Es war mir sehr peinlich, was Jessy gestern ausgeplaudert hat, aber eigentlich hatte sie recht. Ich würde wirklich gerne mit Ihnen ausgehen, war mir aber nicht sicher, ob Sie überhaupt interessiert wären." Er lächelte und strich sich verlegen über die leicht störrischen Haare. „Irgendwie fiel mir das alles leichter, als ich noch jünger war. Offensichtlich bin ich ziemlich aus der Übung. Ich lebe ja schon lange allein."

Jana, die seinen fragenden Blick verstand, lächelte.

„Das kann ich gut nachempfinden. Bei mir ist es auch schon länger her. Mein Mann ist vor drei Jahren verschwunden, aber ich war schon Jahre davor allein. Mit dem Ausgehen können wir uns ruhig noch etwas Zeit lassen, weglaufen können Sie mir ja jetzt nicht mehr."

Jetzt lachte er, sichtlich entspannter, weil er sein Anliegen endlich ausgesprochen und die gewünschte Antwort gehört hatte. „Vielleicht sollten wir damit beginnen, das förmliche Sie wegzulassen. Ich bin Andreas."

Noch abends im Bett erlebte Jana diese Momente immer wieder nach. Sie hatten sich ganz ruhig und ehrlich unterhalten, beide sehr vorsichtig, um nicht wieder verletzt zu werden, aber doch mutig genug, das Herz neu zu verschenken. Und was sie noch nicht aussprechen konnten, mussten eben die Blicke deutlich machen. Dankbar legte Jana die Hand um den Granatanhänger, denn mit den roten Steinen war auch das Rot der Liebe in ihr Leben zurückgekehrt.

Wenn es jetzt noch mit einem Job klappt, platze ich vor Glück, dachte sie noch, ehe sie einschlief.

Am nächsten Morgen klingelte es schon wieder. Als Jana öffnete stand Jessica vor ihr, aufgeregt und tränenüberströmt.

„Ich wollte zu meinem Opi, aber er macht nicht auf. Ist er wirklich gestorben?" Beruhigend nahm Jana die Kleine in die Arme. „Natürlich nicht. Wie kommst du denn auf sowas?"

Jessica schluchzte jetzt schon weniger. „Der Peer hat gesagt, sein Opa ist auch im Krankenhaus gestorben."

Jana drückte sie tröstend an sich. „Aber dein Opi nicht, er ist heute in der Redaktion, weil er seine Reise verschieben muss. Jetzt komm erstmal herein. Ich habe Erdbeeren gepflückt, magst du welche?"

Während sie das Obst abspülte, überlegte sie.

„Warst du heute nicht im Kindergarten?" Jessica drückste ein wenig. „Doch, aber ich wollte schnell nach Opi sehen."

„Und du bist den ganzen Weg allein gekommen und hast auch keinem Bescheid gesagt?" „Doch, der Peer weiß Bescheid. Und der Weg ist nicht weit, ich kann es dir zeigen."

„Das wirst du auch. Wenn du deine Beeren gegessen hast, bringe ich dich zurück."

Es war wirklich nicht weit. Jana brauchte weniger als eine Viertelstunde, um Jessica zurückzubegleiten. Von weitem sah sie schon das Schild „Kleine Schlaumeier - Kindergarten für Hochbegabte". Neugierig betrachtete sie das große, weiße Haus, das man kaum durch die vielen Bäume und Büsche erkennen konnte.

Auf dem Gelände gab es die üblichen Spielplätze, aber auch einige kleine Hütten. „Dort machen wir Experimente", flüsterte Jessica, die jetzt doch etwas ängstlich aussah, als sich ihre Erzieherin näherte. Jana beeilte sich, die Zusammenhänge zu erklären, aber die Erzieherin nahm es gelassener als erwartet.

„Unsere Kinder sind zwar hochintelligent, aber emotional und im Verhalten manchmal doch einfach noch Kinder. Jessy, du gehst am besten gleich zu deiner Aufgabe zurück." Jetzt lächelte die Kleine wieder. „Ich berechne die Bienenpopulation, das ist sehr spannend." Jana, der inzwischen einiges klar war, wunderte sich auch darüber nicht mehr.

Gerade als sie gehen wollte, fiel ihr Blick auf einen Anschlag. *Suchen dringend Verstärkung - Quereinsteiger erwünscht!*

Das war es doch, wonach sie gesucht hatte! Schnell wandte sie sich an die Erzieherin.

„Entschuldigen Sie bitte, welche Art von Verstärkung suchen Sie denn?" Die wies nur auf das Haus. „Das besprechen Sie am besten mit unserer Leiterin. Sie finden sie im Erdgeschoss, gleich rechts."

Nachdem die Leiterin, Frau Schwarz, sich Janas Werdegang angehört und die Unterlagen überflogen hatte, die Jana von ihrem Handy direkt auf den Laptop geschickt hatte, lächelte sie.

„Frau Thieme, Sie hat mir der Himmel geschickt. Eine Ingenieurin und auch noch pädagogisch ausgebildet! Wann können Sie anfangen?" Jana war so überrascht, dass sie nicht gleich antworten konnte, also setzte Frau Schwarz fort.

„Wir gehören nicht zum öffentlichen Dienst, sondern zu einem freien Träger. Dahinter stehen mehrere wissenschaftliche Einrichtungen, die natürlich großes Interesse an unseren begabten Kindern haben. Wir können daher auch etwas besser bezahlen."

Als sie die Summe nannte, stockte Jana der Atem. Das war deutlich mehr als in ihrem alten Job und die Stellenbeschreibung, die die Leiterin kurz umrissen hatte, gefiel ihr so sehr, dass sie sofort zusagte. Frau Schwarz verabschiedete sie lächelnd. „Also klären Sie alles mit dem Amt und dann können Sie sofort beginnen. Je früher desto besser, wir freuen uns auf Sie."

Als Jana zu ihrer Wohnung zurückging, war ihr, als könnte sie fliegen oder auf Wolken gehen oder was immer man auch sagte, um eine unbändige Freude auszudrücken. Endlich einen Job zu bekommen und was für einen! Das musste gefeiert werden.

Nachdem sie ihrer Freundin Heidi freudestrahlend am Telefon von ihrem neuen Job erzählt hatte, bereitete sie für den Nachmittag eine Erdbeertorte vor und lud Andreas und die kleine Jessica in ihr Gartenparadies ein. Als ihr die beiden freudig gratulierten, war es fast so, als hätte sie eine neue Familie gefunden oder überhaupt erst einmal familiäre Gefühle erlebt. Und das kleine Plappermäulchen

als zukünftige Enkelin zu betrachten, gefiel ihr ausnehmend gut.
Auch zur Tochter von Andreas, die Jessica gegen Abend abholte,
hatte sie sofort einen guten Draht. Konnte sie sich also noch einmal
auf ein so großes Abenteuer einlassen?

Andreas und sie hatten sich vorgenommen, es langsam angehen zu
lassen, sich erst einmal richtig kennenzulernen und auch darüber
auszutauschen, was jeder von einem möglichen Zusammenleben
erwartete.

Andreas hätte sie am liebsten gleich auf alle seine Reisen mit genommen, aber Jana bremste ihn. Die neue Arbeit war für sie etwas
Besonderes, auf das sie nicht verzichten wollte, auch wenn Urlaub
noch immer etwas zum Träumen war.

Sie hatten gelacht, als sich herausstellte, dass sie beide Fans der
bulgarischen Schwarzmeerküste waren. „Seit ich 1978 zum ersten
Mal in Nessebar war", schwärmte Andreas, „bin ich dieser Gegend
regelrecht verfallen." Jana hatte ihn überrascht angesehen. „Da war
ich auch schon oft, aber erst seit 1987. Vielleicht sind wir uns ja
dort sogar schon begegnet. Ich fand Nessebar und die Erinnerungen
an das schwarze Meer so toll, dass ich den Namen sogar als E-
Mail-Adresse benutze. Und jedes Mal, wenn ich sie nenne, sehe ich
den Goldstrand wieder vor mir."

Andreas sah sie ungläubig an und lachte. „Bei mir ist es genauso,
meine Adresse beginnt ebenfalls mit Nessebar. Hast du etwas auch
den gleichen Netzanbieter?" Und während Jana nickte und eben-

falls lachte, konnte Andreas erahnen, welch wundersame Wege die Information seiner Chefredakteurin über die Steine möglicherweise gegangen war.

Inzwischen hatte Jana die ersten Wochen mit den kleinen Schlaumeiern, diesen interessanten und superklugen Kindern wirklich genossen. Seit langem konnte sie ihre Kenntnisse wieder voll einsetzen, obwohl es manchmal ein wenig ungewohnt war, den Verlauf von wissenschaftlichen Experimenten mit 5- oder 6-jährigen auszuwerten. Aber die Arbeit erfüllte und bestätigte sie jeden Tag.

Als in Janas Garten auch die späten Kletterrosen zu duften begannen, bestand Andreas darauf, endlich mit Jana auszugehen.

Leider musste er bei ihrem ersten richtigen Date immer noch seine Vakuumschiene tragen, daher fiel Tanzen aus. Und so saßen sie an einem schönen Sommerabend in einem Gartenrestaurant. Jana, die sich in ihrem dunkelroten Sommerkleid ziemlich glamourös fühlte, genoss es, von Andreas bewundert zu werden.

"Du siehst heute besonders zauberhaft aus. Und zu deinem roten Kleid passt diese Kette wunderbar, sind das Granatsteine?"

Jana lächelte und fühlte nach ihrem Anhänger.

„Das sind meine Wundersteine. Ich habe sie von meiner Großmutter geerbt, aber lange nicht getragen. Dann hat mich eine geheimnisvolle Mail darauf hingewiesen, dass sie mir helfen könnten. Und seit ich sie trage, ist einfach alles in Erfüllung gegangen, was

ich mir je gewünscht hatte, einen Superjob, einen interessanten Mann und noch so einiges." „In dieser Reihenfolge?"
Die Stimme von Andreas klang nur gespielt empört.
„Natürlich nicht", lachte Jana. „Du bist meine Nummer 1"
Glücklich schmiegte sie sich an ihn.
Hoffentlich sieht sie nie meine Expertise über die Granatsteine, dachte Andreas. Ich war so überzeugt, dass sie völlig wirkungslos sind. Aber wenn ich die Frau an meiner Seite betrachte, das Glück, das ich bekommen habe, vielleicht habe ich mich doch geirrt und Edelsteine können wirklich Wunder vollbringen.
Granatsteine auf jeden Fall!

Anmerkung der Autorin: Das Zitat über die Granatsteine ist dem „Lexikon der Heilsteine – von Achat bis Zoisit" von Michael Ginger entnommen. Im Oster-holz Verlag GmbH 1997

Morgen, morgen, nur nicht heute

„Steh endlich auf, du faule Nuss!"

Zu Tode erschrocken hüpfte Susanne Sommer aus ihrem Bett.

So schnell schaffte sie das sonst nie. Aber wer hatte sie gerufen?

Sie sah sich suchend um, niemand da.

Also ließ sie sich wieder auf ihr Bett sinken, sie war noch müde und die Vorlesung würde auch ohne sie stattfinden.

Gerade als sie sich wieder gemütlich einkuscheln wollte, klingelte ihr Wecker in einer Lautstärke, die sie schon wieder aus dem Bett trieb. Eigentlich hatte sie den Wecker gestern auf dem Flohmarkt gekauft, weil er so groß, rot und solide war und sicher auch laut genug, um sie wirklich zu wecken.

Seit ihre Mitbewohnerin, Alexa, ein Praktikum in Süddeutschland machte, kam sie morgens kaum noch aus dem Bett.

Ihre Neigung zu verschlafen, war schon allgemein bekannt, genauso wie ihr Hang alles ein wenig später oder genauer gesagt, in letzter Minute zu erledigen.

Aber jetzt war sie endgültig munter, aber noch nicht klüger.

Wer hatte da gerufen? Sie sah sich um. Hatte irgendjemand einen Mini-Sender angebracht?

Wenn nicht, dann könnte sie vielleicht doch noch? Sehnsüchtig sah sie nach ihrem warmen Bett. Draußen war es sicher kalt. Der

November hatte gerade begonnen und das nasskalte Wetter war wirklich nur für eine Sache gut, nämlich ein warmes Bett!

Oder einen warmen Körper an der Seite?

Nein, den Gedanken schob sie schnell beiseite. Mit Männern war sie fertig. Für immer! Der Ärger mit Jonas, die Enttäuschung und der Kummer, hatten ihr gereicht.

Sie hatte von ihm das erwartet, worauf jede Frau mit zwanzig ein Recht haben sollte. Eine Romanze, wie in den Filmen nach Rosamunde Pilcher, mit allem, was ein Frauenherz höher schlagen lässt: Große Gefühle, Rosen, ein Diamantring, die weiße Hochzeitskutsche und guten Sex. Das letzte hatte gestimmt, aber den hatte Jonas auch mit anderen gehabt.

Er stand in dem Verdacht, ganz gezielt und in Rekordzeit, den Weltvorrat an Blondinen durchgehen zu wollen.

Aber das erfuhr sie leider zu spät. Also hatte sie ihn rausgeworfen und sich eine neue Mitbewohnerin für die kleine Zwei-Zimmer-Wohnung gesucht, die zum Glück von ihren Eltern bezahlt wurde.

Na und, dachte Susanne etwas trotzig, wenn sie wieder einmal daran erinnert wurde, Geld ist bei Studenten schon immer Mangelware gewesen. Außerdem verdiente sie ja auch etwas dazu, in einer kleinen Boutique, die Vintage-Kleidung führte.

Und dort ließ sie leider auch einen großen Teil ihres Verdienstes. Wenn es nach ihr gegangen wäre, hätte sie den ganzen Tag dort verkauft und das BWL-Studium sausen lassen.

Wer brauchte überhaupt ein Studium? Wenn sie an bekannte
Showgrößen oder an die Influencer im Internet dachte, die unheimlich viel Geld scheffelten, da waren enorm viel Studienabbrecher
oder Studienverweigerer dabei.

Geht doch auch so, dachte sie zufrieden, denn verkaufen konnte sie
gut. Ihre Chefin betonte das immer wieder.

Irgendwann hätte sie dann selbst einen kleinen Laden, sicher auch
mit den angesagtesten Vintage-Klamotten. Wer brauchte da schon
Vorlesungen, Seminare und ähnlich langweilige Sachen.

Bei der Erinnerung an Vorlesung sah sie sich seufzend um.
Überall lagen Unterlagen, manches war angefangen, nichts war
wirklich fertig.

Sie erinnerte sich dunkel daran, dass sie diese Woche noch eine
Projektarbeit abgeben musste, aber bis dahin waren ja noch zwei
ganze Tage. Also könnte sie das locker auch noch morgen schaffen.
Mit einem erneuten Seufzer ließ sie sich auf das Bett zurücksinken.
Die Boutique hatte heute Ruhetag und sie auch, basta!

„Steh auf, du faule Nuss!" Wieder sprang Susanne erschrocken aus
dem Bett. Die Stimme klang genauso, als käme sie aus dem großen,
roten Wecker, den sie gestern erstanden hatte. Susanne schob sich
frustriert mit beiden Händen ihre blonden Locken zurück und hielt
sich den Kopf. „Bist du das?" Sie flüsterte vorsichtig, während sie

in ihrem Inneren noch dachte: Das kann nicht wahr sein. Ich muss
doch einen an der Waffel haben, dass ich mit einer Uhr spreche.

„Natürlich bin ich das!" Die Stimme klang etwas pikiert.

„Ist hier noch ein anderes intelligentes Wesen außer mir?"

„Aber wieso kannst du sprechen, du bist doch nur eine Uhr?"
Susanne stotterte fast.

Mit Überraschungen kam sie schon immer schlecht klar und diese
war dazu noch eine völlig andere Dimension.

„Aber, aber, meine Liebe. Ich bin mitnichten eine Uhr, sondern
eine Intelligente Einheit. Man gab mir den Namen Prudentia nach
dem lateinischen Begriff für Klugheit. Sagt dir der Name Hans
Hartloff etwas?"

Susanne musste nicht lange überlegen. „Nie gehört."

„Das dachte ich mir", setzte der Wecker fort. „Hans Hartloff war
ein genialer Erfinder, hatte aber als Mensch so seine Probleme.
Na ja, Genie und Wahnsinn liegen schließlich oft dicht beisammen.
Und deswegen hat ihn seine Frau auch verlassen, ihn und seinen
Sohn."

Susanne wippte ungeduldig mit dem Fuß, sie brauchte jetzt erstmal
Kaffee. „Und was hat das mit mir zu tun?"

„Das wirst du gleich erfahren. Der Sohn von Hans Hartloff, der
kleine Sven, hatte das gleiche Problem wie du.

Er wurde mit seinen Aufgaben für die Schule nie fertig, weil er
regelmäßig zu spät oder gar nicht daran dachte. Er hatte, wie du

eine klassische „*Aufschieberitis*".

„Nein", widersprach Susanne vehement. „Bei mir ist das viel schlimmer. Ich leide unter Prokrastination, das ist wissenschaftlich bewiesen. Mir fehlt die Fähigkeit, schnell zu entscheiden und den Zeitaufwand zu planen, ich habe Probleme mit dem Selbstmanagement."

„Sag ich doch", kicherte die Uhr. „Eine klassische *Aufschieberitis!*"

Das war einfach zu viel! Beleidigt wandte sich Susanne ab.

Aber diese Uhr redete ungerührt weiter. „Die gute Nachricht ist: Wir können das in den Griff kriegen, denn dafür wurde ich programmiert.

Die schlechte bedeutet, wir müssen vorher die Barrieren beseitigen, mit denen du dich selbst bremst. Aber das machen wir heute Abend. Nun beeil dich endlich, du musst zur Vorlesung."

„Jetzt noch?" Susannes Stimme kiekste beim letzten Wort fast.

„Das schaffe ich doch jetzt nicht mehr, ich komme garantiert zu spät."

„Na und", entgegnete der Prudentia ungerührt, „das tust du doch immer."

Und als Susanne endlich geduscht und angezogen ihre Mappe schnappte, rief sie noch hinterher. „Und überlege unterwegs, warum dieses Studium für dich wichtig sein könnte!" Diese Aufforderung hatte die Studentin schon auf dem Weg zur U-Bahn wieder vergessen, als sie an der neuen Boutique vorbeikam, die auch einen Second-Hand-Bereich hatte. Am liebsten hätte sie die Nase an die Scheibe gedrückt.

Da war ein Bikini, genauso wie der, den Ursula Andress, als erstes Bond-Girl im Film getragen hatte. Ein echter Klassiker, aber leider zu teuer.

Bis zum späten Nachmittag war die sonderbare Uhr aus ihrem Gedächtnis verschwunden, aber als sie nach Hause kam, ging die nervige Fragerei weiter. Was hatte sie heute gelernt, wofür war das wichtig? Hatte sie alles verstanden und welche Aufgaben waren noch zu erledigen usw.?

Susanne, die sich bei den Vorlesungen überwiegend langweilte und lieber Modezeichnungen anfertigte, wollte das weder hören noch antworten. Aber dieser Wecker hatte so eine bestimmende Art an einer Sache dran zu bleiben.

Zuerst erwog sie, ihn aus dem Fenster zu werfen, dann aber siegte die Neugier und sie zog ihr Handout aus der Tasche, dass sie sich als Kopie von ihrer Banknachbarin gesichert hatte.

„Wir haben heute über Gewinnplanung und Kontrollinstrumente, wie Budgetplanung und solche Sachen gesprochen", erzählte sie mit Blick auf ihre Unterlagen, die sie sofort wieder zur Seite schob. „Das brauche ich alles nicht! Ich werde später meinen eigenen Laden haben. Und weil es dort die besten Sachen gibt, werde ich mega erfolgreich sein."

„Wie lange?"

Mehr sagte die Intelligente Einheit im Wecker nicht.

Susanne wurde etwas unsicher. „Wenn die Leute alle wild auf meine Klamotten sind, bin ich doch erfolgreich."

Zufrieden lächelnd lehnte sie sich zurück, immer noch mit dem Bild ihrer schicken Boutique vor Augen.

„Hast du auch die Einkaufspreise, die Ladenmiete, die Werbung, den Strom, die Reinigung und die Gehälter der Angestellten einkalkuliert?" „Du bist eine solche Spaßbremse", stöhnte Susanne.

„Ich weiß", kicherte Prudentia. „Aber das macht doch auch einen guten Teil meines Charmes aus. Lass uns nochmal deine Unterlagen durchgehen und du stellst dir vor, du hättest schon deinen Laden, der zunächst erst einmal Geld kostet. Wo könntest du sparen? Was könntest du tun, um den Gewinn zu erhöhen?"

Wenn das meine Eltern gesehen hätten, sie wären überglücklich, überlegte Susanne, als sie am nächsten Morgen freiwillig und pünktlich aus dem Bett kam.

Bis spät in die Nacht hatten sie diskutiert und so langsam verstand sie, dass beileibe nicht alles, aber doch sehr viel von dem Lehrstoff, nützlich für ihr späteres Unternehmen sein könnte.

„Ein richtiger Unternehmer wird nur der", hatte die Uhr betont, „der nicht abwartet, sondern wirklich etwas unternimmt, damit sein Geschäft gut läuft. Und als Student musst du sowieso alles wissen, sagt eine alte Regel. Als Assistent musst du nur noch wissen, wo es steht."

Susanne hatte gelacht. „Und wenn ich ein Professor wäre?"

„Dann musst du nur noch wissen, wo der Assistent steckt.
Aber bis dahin strebst du an, eine clevere Unternehmerin zu werden. Dazu gehört, dass du auch selbst notierst, was wichtig ist.
Was du selbst geschrieben hast, kannst du dir auch besser merken.
Nicht ohne Grund sagt man: *Von der Hand in den Verstand!*"

Das hatte sie jetzt begriffen und schaffte es sogar pünktlich zum 2.Teil des Themas. Auch am Nachmittag im Laden überraschte sie ihre Chefin, Frau Klering, mit sehr viel mehr Interesse an betriebswirtschaftlichen Fragen, als früher.

Sogar die Arbeit, die am nächsten Tag abgegeben werden musste, wurde am Abend noch fertig. Natürlich geschah das hauptsächlich auf das Drängen der klugen Prudentia und mit ihrer sachkundigen Hilfe, aber auch Susanne fühlte sich wesentlich besser, etwas termingerecht erledigt zu haben.

Neugierig wandte sie sich an die Uhr. „Wieso weißt du so viel über diese Dinge?" Prudentia schien sich zu sammeln.

Wenn sie ein Mensch wäre, überlegte Susanne, würde sie jetzt mit erhobenem Zeigefinger dozieren. Und genauso war es.

„Ich habe da so meine Erfahrungen. Schließlich habe ich den kleinen Sven sehr erfolgreich durch die Schule gelotst und auch durch das Studium begleitet. Aber dann hat mich so ein Idiot gestohlen, seitdem war ich stumm. Ich bin so programmiert, dass ich immer nur bei *Aufschieberitis* aktiv werden kann. Dann aber richtig.

Sven hat übrigens auch BWL studiert und das natürlich höchst erfolgreich. Er hatte gerade seine Masterarbeit beendet und strebte die nächste Stufe an, als wir getrennt wurden."

Susanne horchte interessiert auf. „Wann war denn das?"

„Keine Ahnung, ich bin zwar auch eine Uhr, doch mir fehlt der Kalender. Aber Kalender ist genau das richtige Stichwort. Du brauchst einen Tischkalender, bei dem du eine Woche komplett überschauen kannst und einen kleinen für unterwegs, aber da reicht das Handy."

Nach etwas Suchen fand Susanne einen, aus ihrer Sicht völlig unpraktischen Kalender, der vermutlich ein Werbegeschenk war.

Sie hätte so ein Monstrum garantiert nicht gekauft.

„Wozu brauche ich so etwas Unpraktisches? Der passt ja nicht mal in meine Mappe."

„Nicht nur mir fehlt ein Kalender, dein Gehirn hat auch keinen. Es kann zwar alles speichern, was es hört, aber es ist nicht in der Lage, dich genau dann zu erinnern, wenn du es brauchst. Meist fällt dir erst später unter der Dusche oder beim Einkaufen ein, was du gestern hättest machen, besorgen oder erledigen wollen."

„Stimmt", grinste Susanne. „Ja, wir Intelligenten Einheiten haben so unsere Probleme", plauderte die kluge Prudentia weiter.

„Dein Gehirn speichert, das ist seine Aufgabe. Aber du musst ihm helfen, das Gespeicherte zu verwalten.

Und das geht nur mit den 3 **E**s. Weißt du was das heißt?"

„Keine Ahnung! Vielleicht Escada, Eiskaffee und Esel?"

„Das könnte für dich wirklich passen", kicherte die vorlaute Uhr.

„Richtig heißt es *Erfassen – Eintakten – Erledigen*. Und dafür brauchst du den Kalender.

Lass uns damit beginnen, die Abgabetermine für alle deine Arbeiten zu erfassen. Eintakten bedeutet dann, dass du für jede Abgabe mindestens 2 Vorbereitungstermine einträgst. Dann hast du eine bessere Übersicht und brauchst keine zusätzlichen Nachtschichten. Ist das verständlich?"

Susanne, die noch nachdenklich auf die Übersicht schaute, fuhr auf. „Natürlich verstehe ich das, ich bin doch nicht blöd! Aber das hätte mir auch einfallen können. Und was ist mit dem dritten E?"

„Ein guter Plan ist schon die halbe Miete, aber erst, wenn er umgesetzt wird, hast du ein tolles Ergebnis. Beim Erledigen muss man unterscheiden, was muss jetzt gemacht werden, was später.

Viele Sachen kann man gleich erledigen, nach dem Motto: *Was weg ist, ist weg, da kräht kein Hahn mehr danach!*

Außerdem kannst du dich danach belohnen, kannst dich mit deinen Zeichnungen beschäftigen oder Liebesromane lesen.

Wieso hast du eigentlich keinen Freund?" Susanne schnaubte nur abfällig. „Mit Männern bin ich fertig, für immer."

„Ach du Arme", jetzt klang Prudentias programmierte Stimme so verständnisvoll, dass sie ihre Leidensgeschichte mit Jonas in allen Einzelheiten erzählte.

„Ach weißt du", tröstete die verständnisvolle Prudentia, „Männern und Straßenbahnen muss man wirklich nicht nachlaufen, es kommen immer neue. Und der nächste wird der Richtige sein, aber lass dir ruhig noch etwas Zeit, wenigstens bis zum Frühling. So und jetzt bin ich erschöpft. Du könntest mir ein wenig erbauliche Musik vorspielen. Hast du etwas von Elvis Presley? Das hat mir der kleine Sven immer vorgespielt."

Susanne schaute sicherheitshalber nochmal im Netz nach.

„Der ist doch schon lange tot. Wenn dein Sven diese Musik mochte, wird er heute vermutlich in irgendeinem Altenheim sein."

„Das glaube ich nicht, meine Liebe. Elvis Presley ist ein Klassiker, den kann man immer hören."

Susanne verdrehte zwar die Augen, als sie eine Playlist zusammenstellte. Aber bei „Teddy Bear" fing sie auch an, mit dem Fuß zu wippen. Gar nicht übel, der Alte! Daran könnte sie sich gewöhnen.

Zwei Tage später kam die erste Bewährungsprobe für die neue Planungsform. Im Kalender stand der erste Termin für die neue Projektarbeit in Marketing und Susanne, für die diese Arbeit ein großes Problem darstellte, hatte keine Lust anzufangen.

Ihr kam das Ganze vor, wie ein riesiger Berg. Und nur Irre würden sich beeilen, so eine Anstrengung auf sich zu nehmen. Sie warf einen Blick zu Prudentia, ihrer Kontrollinstanz. Ob sie die überzeugen könnte?

Mit einem leidenden Gesichtsausdruck rieb sie sich die Stirn und ließ sich mutlos in den Sessel fallen. „Das ist heute einfach zu viel, ich könnte es morgen noch einschieben…"

Doch da schaltete sich die weise Prudentia schon ein. „Brauchst du Badeschaum, um dich in deinem Selbstmitleid zu suhlen?

Hör auf dir leid zu tun. Das ist ein klarer Fall für die Salamitaktik!"

Salami? Jetzt ist sie total durch geknallt, befürchtete Susanne. Konnten denn Intelligente Einheiten einfach so kaputtgehen?

„Salamitaktik", dozierte die kluge Uhr munter weiter, „bedeutet scheibchenweise. Du siehst dir das Thema an und legst die notwendige Literatur zurecht. Oder du machst dir schon einige Stichpunkte, beim nächsten Mal formulierst du schon einige Thesen oder einen ersten Entwurf. Das muss noch nicht perfekt sein, dann bist du auch nicht so angespannt und hast mehr Ideen."

„Das ist echt cool!" Susanne nickte anerkennend.

„ Wieso lernen wir so etwas nicht?" „Ich schätze, dass eure Dozenten davon ausgehen, dass ihr das schon könnt. Es gehört zu den Soft Skills."

„Nie gehört. Aber dein Tipp ist wirklich gut, nur bei diesem Thema fällt mir überhaupt nichts ein." „Es geht um Marketing und warum beziehst du das Ganze nicht auf Modemarketing?"

„Du bist echt gut, Prue! So werde ich dich jetzt nennen, wie die kluge Oberhexe im Fernsehen."

„Aber, aber, meine Liebe, hexen kann ich leider nicht. Schreiben musst du schon alleine."

Als Susanne dann schon eine Gliederung und einige Thesen zum Thema formuliert hatte, streckte sie sich zufrieden.

„So schlimm war es gar nicht. Ich könnte noch weitermachen, aber ich brauche das Buch, das sich Benny aus meiner Seminargruppe ausgeliehen hat. Ich schicke ihm gleich eine Nachricht. Und danach suchen wir im Verzeichnis der ehemaligen Studenten im Netz nach dem kleinen Sven."

„Ach, das ist ja ganz reizend von dir, meine Liebe", tönte die Uhr. Nach kurzer Zeit schüttelte Susanne bedauernd den Kopf. „Leider ist kein Student unter diesem Namen bekannt.

Aber an dir kommt mir einiges bekannt vor, an der Stimme und der Art zu sprechen. Gab es eigentlich ein Vorbild, an dem sich dein Erfinder orientiert hat?"

„An diese Zeit kann ich mich kaum erinnern, da war ich als Intelligente Einheit ja noch am Anfang, ein Kleinkind sozusagen.
Aber man hat mir gesagt, dass es ein sehr kluger Vogel war, der dem kleinen Sven so gut gefallen hat. Ich vermute, es war im Kinderfernsehen."

„Ja, klar!" Susanne warf sich lachend auf ihr Bett. „Du bist die Schwester von Frau Elster! *Herr Fuchs und Frau Elster*, das habe ich früher bei meiner Oma so gerne gesehen. Eine wirklich gute Wahl von deinem Erfinder. Frau Elster wusste auch immer alles besser."

Sie konnte gar nicht aufhören zu lachen, bis Prudentia mit etwas pikierter Stimme fortsetzte. „Wenn du jetzt soweit bist, wieder an deine Zukunft zu denken, dann sollten wir uns noch ein wenig mit den Soft Skills beschäftigen. Das sind die sanften Fähigkeiten, die neben dem Wissen aus dem Studium, über den beruflichen Erfolg entscheiden. Mit Zeitmanagement haben wir schon begonnen, du hast jetzt eine übersichtliche Planung.

Damit du morgens gleich starten kannst, machst du am besten abends eine To-do-Liste. Du brauchst nicht gleich zu stöhnen! Nur maximal 5 Aufgaben, die sichern, dass deine Wochenplanung auch klappt."

„Das ist ein Fall für das 3.E – wird sofort erledigt." Susanne tippte salutierend an die Schläfe und notierte 4 Aufgaben auf einem Post-it, das sie an den Spiegel heftete.

„Hier sehe ich es gleich und kann es nicht vergessen."

„Machst du eigentlich irgendeinen Sport?"

Susanne, die noch vor dem Spiegel stand und ihr Gesicht mit der kessen Stupsnase prüfend musterte, drehte sich überrascht um.

Ihr fiel es immer noch schwer, sich an die kühnen Gedankensprünge von Prudentia zu gewöhnen und so betrachtete sie auch ihre Figur prüfend. Eigentlich war sie zufrieden, na ja, Model könnte sie wahrscheinlich nicht werden, einfach zu viele Kurven.

„Wieso fragst du? Findest du mich zu dick? Manche tun das. Jonas wollte auch immer, dass ich abnehme."

„Aber, aber, meine Liebe, Kurven werden niemals unmodern. Nur Hunde spielen gerne mit Knochen! Nein, ich frage, weil Sport toll wäre, um Stress und Belastungen abzubauen. Es gehört auch zu den Soft Skills, dass man Techniken zum Abschalten und Entspannen beherrscht. Aber du kannst natürlich auch tanzen."

Begeistert sprang Susanne auf. „Prue, du bist die Beste. Ich habe alles erledigt. Und jetzt geht's ab auf die Piste."

Irgendwann in den nächsten Wochen gab Susanne ihren Widerstand gegen die häufigen Vorschläge ganz auf. Sie hatte mittlerweile das Gefühl, als würde sie die weise Prudentia schon seit ewigen Zeiten kennen. Sie gewöhnte sich, noch ein wenig knirschend, an die festen Lern- und Übungsstrukturen und Cash flow oder Gap-Analyse waren schon längst keine Unbekannten mehr für sie.

Auch ihre Noten verbesserten sich langsam, aber kontinuierlich. Das bestärkte sie mehr, als sie erwartet hätte.

Die Vorbereitungen für die Arbeiten machten ihr manchmal so viel Spaß, dass sie von der fürsorglichen Prudentia gebremst werden musste.

Die hatte natürlich wieder eine neue Technik parat.

„Die Pomodoro-Methode kommt aus Italien und berücksichtigt, dass das Gehirn nicht pausenlos Super-Ideen ausspucken kann. Es braucht kleine, feine Pausen. Wir probieren das aus: Du liest oder schreibst 25 Minuten, dann machst du 5 Minuten Pause, in der du singen, tanzen oder etwas trinken kannst. Danach geht es mit erholten grauen Zellen weiter."

Als Alexa aus Süddeutschland zurück kam, erlebte sie eine Überraschung nach der anderen. Susannes Zimmer, das früher regelmäßig so aussah, als ob ein Tornado darin gewütet hätte, war jetzt erstaunlich ordentlich. „Wow, Susi, was ist passiert? Ist dir ein Aufräum-Gen über den Weg gelaufen oder vielleicht ein neuer Lover?" Susanne wand sich etwas verlegen. „So schlimm war es doch früher auch nicht, aber so finde ich meine Unterlagen schneller und bin effektiver."

Alexa verdrehte nur die Augen, schließlich hatte sie das Chaos früher in seiner ganzen Pracht erlebt. Vor dem Schreibtisch blieb sie interessiert stehen und betrachtete das Poster einer Gartenlandschaft, die rechts vom Arbeitsplatz angebracht war. „Das ist neu. Lenkt dich das nicht ab?"

Susanne lächelte nur. „Nein, Lexi, im Gegenteil. Wenn ich nach der Pomodoro-Technik Pause mache, kann ich Tanzen oder die Schultern kreisen lassen oder ich schicke meine Gedanken im Park von Sanssouci spazieren. Das macht unwahrscheinlich kreativ."

Alexa sah sie zweifelnd an. „Hast du inzwischen ein Selbstmana-gement-Seminar besucht? Ich war doch nur knapp 5 Wochen weg und du bist ein völlig neuer Mensch!"

„Es könnte schon sein, dass mir der neue Wecker geholfen hat, den ich auf dem Flohmarkt erstanden habe."

„Na klar, der Wecker", lachte Alexa. „Hauptsache, es hat geholfen. Aber Kreativität war mein Stichwort. Wie findest du meine neue Tasche? Habe ich selbst gemacht."

Als Susanne die Patchwork-Tasche in blau und grau gebührend bewundert hatte, erklärte ihr Alexa ihren Plan. „Ich habe von der Firma, in der ich mein Praktikum gemacht habe, 2 kleinere Stoff-ballen spottbillig gekauft. Die waren wegen Verschmutzung schon abgeschrieben. Daraus wollte ich unterschiedliche Taschen ma-chen. Gerade jetzt vor Weihnachten würden solche individuellen Geschenke doch weggehen, wie warme Brötchen."

„Semmeln", ergänzte Susanne automatisch. Und als Alexa sie be-griffsstutzig ansah, wiederholte sie. „Es heißt, weggehen wie war-me Semmeln."

„Egal!" Alexa ging großzügig darüber hinweg. „Das Problem ist, ich kann nicht so gut nähen. Wenn du jetzt Zeitreserven hättest, könntest du nähen? Darin bist du sowieso besser. Ich würde alles zuschneiden, heften und die Schnallen anbringen. Von dem Erlös könntest du dir was Schickes zu Weihnachten kaufen."

„Oder ich spare schon etwas an, für meine Boutique. Irgendwann muss ich ja damit anfangen."

„Wer sind Sie und was haben Sie mit meiner Freundin gemacht?" Alexa sah sie prüfend an, während Susanne nur lachte.

„Irgendwann musste ich ja erwachsen werden, aber eigentlich ist mein Wecker schuld."

„Ganz bestimmt!" Alexa stimmte in das Lachen ein. „Ich finde, das muss gefeiert werden, ich lade dich ein. Wenn wir in „Mollys Pub" gehen, könnte ich mich gleich zurück melden und sehen, welche Schicht ich übernehme."

Der Abend wurde ziemlich lustig und dehnte sich bei den vielen Bekannten, die im Pub begrüßt werden wollten, auch etwas länger aus.

Als Alexa am nächsten Morgen, noch etwas schlaftrunken, bei Susanne klopfte, um sie zu wecken, hätte sie alles Mögliche erwartet, aber keinesfalls ein leeres Bett. Überrascht drehte sie sich um, als sich die Eingangstür öffnete und eine putzmuntere Susanne hereinkam und schwungvoll eine Tüte auf den Küchentisch warf.

„Wo kommst du denn her?" Alexas Gesicht war eine einzige Frage.

„Ich war laufen, wie jeden Morgen und ich habe frische Brötchen mitgebracht. Normalerweise esse ich morgens immer mein Overnight-Oat, aber weil du wieder da bist, mache ich heute eine Ausnahme."

„Du isst Haferflocken-Müsli?" Alexas Stimme schraubte sich mit dem fragenden Ton immer höher. Irgendwer musste ein Wunder an Susanne vollbracht haben. Früher war sie mit allen Vorschlägen immer an Susannes Bequemlichkeit und Schläfrigkeit gescheitert. Als sie dann endlich gemeinsam in der großen Küche frühstückten, beschloss Alexa, der Sache auf den Grund zu gehen.

„Also jetzt mal raus mit der Sprache. Was ist passiert? Wie ist diese wundersame Wandlung vor sich gegangen? Du bist ganz anders, als vorher, was hast du gemacht?"

Susanne lächelte nur. „Ich habe dir doch gesagt, daran ist mein Wecker schuld. Aber das ist eine lange Geschichte und du wirst sie mir sowieso nicht glauben."

Aber Alexa blieb beharrlich. „Fang einfach mit dem Anfang an." Als sie die ganze Geschichte gehört hatte, schüttelte sie immer noch etwas ungläubig den Kopf.

„Wenn mir das jemand anderes erzählt hätte, würde ich ihn sofort zum nächsten Psychiater schicken, aber bei dir sehe ich ja die Veränderungen. Glaubst du, dass sie auch mal mit mir sprechen würde?"

Susanne schüttelte bedauernd den Kopf. „Sie ist nur auf das Problem *Aufschieberitis* programmiert. Das hast du nicht, also bleibt sie bei dir stumm." Alexa lehnte sich zurück, nachdem sie den Wecker regelrecht fixiert hatte. „Schade! Weißt du eigentlich, was du mit diesem Super-Wecker für ein Glück hast?"

„Ja, das weiß ich, aber er gehört mir nicht wirklich. Irgendwann muss ich ihn zurück geben." „Dann hoffe ich, dass du den kleinen Sven nicht so schnell findest. Vielleicht braucht er ja dann die kluge Prue nicht mehr."

Dieser Gedanke gefiel Susanne ganz besonders und er beruhigte sie auch ein wenig. Sie würde zwar weiter nach dem Besitzer der Uhr suchen, aber immer hoffen, sie behalten zu können.

Am Abend begannen Alexa und Susanne mit der Herstellung ihrer Taschenkreationen. Alexa hatte in den Kleinanzeigen eine Koffer-Nähmaschine zum Verschenken entdeckt und Susanne hatte sie nach ihrem Seminar abgeholt.

Als die Küche zum Mode-Atelier umfunktioniert war, konnte es losgehen. Da der derbe Stoff eine farbige Abseite hatte, konnten sie unterschiedliche Farbkombinationen zusammenstellen, etwas, das beiden viel Spaß machte.

Alexa hatte bereits mehrere Modelle entworfen, Taschen in blau-grau und grün-gelb oder vermischt. Als sich Susanne Stunden später an der Nähmaschine streckte, waren einige Taschen bereits fertig, bei anderen fehlten nur noch einige Handgriffe.

„Also eines weiß ich ganz bestimmt, ich werde in Zukunft lieber Modelle entwerfen, als sie selber nähen", stöhnte sie. „Zum Glück müssen clevere Unternehmerinnen das auch nicht."

„Noch sind wir es nicht", bremste sie Alexa. „Aber so schnell haben wir unser Geld sonst nicht verdient. Diese hier sind schon vorbestellt und werden morgen auch bezahlt."

Mit diesen Worten nahm sie fünf Taschen und verpackte sie sorgfältig. „Also, ich bin sehr zufrieden mit dem ersten Ergebnis unserer Zusammenarbeit."

Susanne sah das auch so und lachend klatschten sie sich ab. Als auch der letzte Stoffrest verbraucht und die Taschen verkauft waren, hatte sich Susannes Sparschwein deutlicher gefüllt, als sie erwartet hätte.

„Was machst du jetzt mit deinem Geld? Bei der Bank kriegst du doch keine Zinsen mehr, das lohnt sich doch nicht."

Susanne schüttelte den Kopf. „Natürlich muss ich es zur Bank bringen, aber dann kaufe ich dafür Aktien. Die können kontinuierlich wachsen, bis ich soweit bin, einen eigenen Laden zu haben."

„Du verstehst auch etwas von Aktien?" Alexa klang schon wieder sehr ungläubig.

„Nur ein wenig. Prue hat mir drei Tipps gegeben. Danach kann ich mit gutem Gewissen aussuchen: 1. Große, stabile Firmen, die es schon lange gibt und die es auch in 50 Jahren noch geben wird; 2. Firmen, die sich mit neuen Technologien beschäftigen und damit großes Potential für die Zukunft haben und 3. Firmen, deren Produkte mir gefallen und die ich auch gut gebrauchen kann. Das müsste eine BWL-Studentin schon bewerten können, hat Prue gesagt."

„Also wenn das klappt, bin ich auch dabei", lachte Alexa.

„Aber kriegen wir denn für unser bisschen Geld schon Aktien?"

„Das kommt auf den Kurs an. Prue hat mir erzählt, dass der Gründer einer der größten Fondsgesellschaften auch so angefangen hat. Seinen ersten Aktienkauf hat er mit genau 1.000 Dollar gemacht, für die er viele unterschiedliche Aktien gekauft hat und damit einer der reichsten Männer der Welt geworden ist."

„Aber bis zu dieser Summe fehlt mir noch einiges", stellte Alexa fest. „Wir sollten weiter machen. Wir brauchen ein neues Projekt."

„Ich hätte das eine Idee", meldete sich Susanne zögernd und zeigte eine Skizze auf ihrem Block.

„Wenn wir solche Mützen nähen könnten, in der Art, wie sie die Studenten früher getragen haben, als man sie noch Bacchalaureus nannte. Damit könnten wir eine Tradition begründen."

Alexa war sofort begeistert. „Die Idee ist mega. Vielleicht machen wir auch unterschiedliche Farben oder auch passend für die verschiedenen Vereinigungen.

Ich höre mich sofort nach Stoff um. Was machst du eigentlich zu Weihnachten?"

„Weihnachten fahre ich immer nach Hause, zu meiner Familie ins Erzgebirge. Dort ist Weihnachten einfach am schönsten." Alexa lächelte, Susannes verträumter Gesichtsausdruck, sagte eigentlich alles. „Schade, aber dann fangen wir gleich im neuen Jahr an."

Auch dieses Projekt wurde ein voller Erfolg und die Freundinnen bastelten bereits am nächsten, als der Winter fast unmerklich in den

Frühling überging.

 Alles wuchs und Sträucher und Bäume hatten bereits dicke Knospen. Wenn Susanne allerdings das Wachsen ihrer Aktien verfolgte, wurde ihr immer klarer, dass es bis zur eigenen Boutique länger dauern würde, als sie gedacht hatte. Dennoch hielt sie an ihrem Traum fest und zeichnete in ihrem Skizzenblock immer wieder neue Entwürfe, wie die Ladenfront aussehen sollte, welche Farben zugleich Gemütlichkeit und Kauflust wecken sollten und noch vieles mehr.

Prue hatte ihr erklärt, diese Bilder würden sie, wie ein Leuchtfeuer, auch durch schwierige Zeiten bringen.

Als Susanne morgens beim Laufen die ersten Schneeglöckchen und an einigen geschützten Stellen sogar Krokusse entdeckte, erinnerte sie sich lächelnd an die Voraussage der weisen Prudentia.

Im Frühling sollte sie den Richtigen treffen und darauf war sie doch ein wenig gespannt.

Die Suche nach dem Besitzer der Uhr hatte immer noch nichts ergeben und eigentlich wollte Susanne die Sache abblasen, als kurz vor Ende des Semesters, ein Gastdozent den Hörsaal betrat und als Dr. Sven Hartloff vorgestellt wurde.

Ihr stockte fast der Abend, so überrascht war sie.

Das sollte der kleine Sven sein? Dieser durchtrainierte, muskulöse Typ, der bestimmt 1,90 oder mehr maß?

Aber nett sah er aus! Das widerspenstige, schwarze Haar, das ihm immer wieder in die Stirn fiel und die Nickelbrille, erinnerten ein wenig an den erwachsenen Harry Potter.

Wahrscheinlich würde er die kluge Prue gar nicht mehr brauchen, immerhin hatte er promoviert.

Aber fragen müsste sie ihn wenigstens. Mit etwas Glück war es nur eine Namensgleichheit, hoffte sie immer noch.

Nach der Vorlesung spreche ich ihn an, machte sie sich Mut.

Sie holte noch einmal tief Luft, okay, bringen wir es hinter uns.

Dann musste sie doch noch etwas warten, weil eine ganze Reihe gut aussehender Studentinnen jede Menge Fragen an den Dozenten hatten.

Aber dann war sie an der Reihe. „Entschuldigen Sie bitte meine Frage, Dr. Hartloff. Hieß Ihr Vater Hans und war er Erfinder?"

Sven Hartloff war total überrascht. Sein Vater war schon so lange aus seinem Leben verschwunden und bisher hatte das niemanden interessiert. „Ja, aber weshalb fragen Sie danach?"

Ihm war die hübsche Blondine mit der kessen Stupsnase schon während der Vorlesung aufgefallen, weil sie sehr interessiert zuhörte und fleißig Notizen machte. Während ein großer Teil der Studenten Mühe hatte, die Augen offen zu halten und Interesse nur vortäuschte.

„Ich wollte nur sichergehen", erklärte Susanne, „dass ich mit der richtigen Person spreche. Ich habe etwas, das Ihnen gehört."

Sven betrachtete sie prüfend. Man hatte ihn gewarnt, dass es Studentinnen geben würde, die für bessere Noten alles tun würden. Nach den Avancen am Anfang, käme dann die Erpressung, um die Wunschnote zu bekommen.

Nein, entschied er, so sah diese nicht aus. „Was meinen Sie, was sollte mir gehören? Haben Sie es bei sich?"

„Natürlich nicht", antwortete Susanne, „ich hatte keine Ahnung, dass ich Sie heute treffen würde. Kennen Sie „Mollys Pub? Dort könnten wir heute Abend die Übergabe machen. Meine Freundin Lexi kellnert dort, sie gibt uns einen Tisch in der Nische, wo nicht jeder zuhören kann. Können Sie um 19.00 Uhr da sein?"

Für Sven Hartloff klang das alles ein wenig sonderbar, fast abenteuerlich, aber er war neugierig, was passieren würde. Bisher war sein Leben wenig aufregend verlaufen, vielleicht würde sich das heute ändern.

Als er das Pub betrat, das er von Besuchen bei seinen Freunden kannte, wurde er von einem schwarzhaarigen Lockenkopf zu einer kleinen Nische durchgewinkt. Mit allem Möglichen hatte er gerechnet, aber bestimmt nicht damit, einen großen, roten Wecker auf dem Tisch und seine treue Prudentia wiederzusehen. „Ach, Prue, meine Beste, wie habe ich dich bei meiner Dissertation vermisst! Aber ich habe es geschafft."

Gerührt musste er ein paar Tränen wegblinzeln. Auch die Intelli-

gente Einheit, namens Prudentia, schien mit Emotionen zu kämp-
fen, falls das überhaupt möglich ist, überlegte Susanne. Der Wecker hüpfte und schien regelrecht zu vibrieren. Und Prue rief offensichtlich überrascht immer nur das Gleiche. „Wer hätte das gedacht, mein Lieber! Der kleine Sven, jetzt habe ich dich wieder."
Susanne, die selbst mit ihren wehmütigen Gefühlen kämpfte, schob
den Wecker über den Tisch. „Bitte, sie gehört wieder Ihnen."
„Aber keineswegs, meine Liebe", tönte die bekannte Stimme sehr
energisch. „Ich bestehe darauf, dass ihr gemeinsam das Sorgerecht
für mich übernehmt. Bei Hunden entscheiden die Gerichte auch
meist so. Und als Intelligente Einheit bin ich keinesfalls weniger
wert als ein Hund."
Sven und Susanne lachten beide. „Aber wie soll denn das gehen?"
Sven sah sie fragend an, während Susanne schon wieder einen Sil-
berstreifen am Horizont sah.
„Ihr musst euch absprechen, ihr seid doch intelligente Menschen.
Entweder ihr zieht gemeinsam in eine WG oder ich halte mich abwechselnd eine Woche bei jedem von euch auf. Das lässt sich doch
alles regeln."
Susanne und Sven sahen sich zwar etwas ratlos an, nahmen das
Ganze aber mit Humor. Sie stießen im Verlauf des Abends auf das
Wiedersehen mit Prudentia an und fanden sich immer sympathi-
scher. Susanne vergaß ihre Vorbehalte gegen Männer und Sven
seine Vorsicht vor berechnenden Frauen.

Und als die kluge Prudentia, sich über die stickige Hitze im Lokal beschwerte und einen Spaziergang anregte, folgten beide sehr gerne.

„Draußen ist wunderbare Frühlingsluft", hatte sie behauptet, „da werden euch viele tolle Ideen einfallen, wie wir das Ganze organisieren können."

Im Freien war sie mucksmäuschenstill und hörte interessiert zu, wie ihre beiden liebsten Menschen über ihre Lieblingsbücher, ihre Lieblingsmusik, ihre Lieblingsfarbe und Lieblings-Urlaubsorte plauderten. Irgendwann nahm Sven Susannes Hand und auch ihr schien das völlig richtig und passend zu sein, an diesem wunderbaren Frühlingsabend, seine Hand zu spüren und sehnsüchtige Blicke zu tauschen.

Während die Intelligente Einheit, die kluge Prudentia, schon die Zukunft vorausplante. Es würde wieder einen kleinen Sven geben oder eine Svenja mit den gleichen Problemen, die sie brauchen würden, wie schön!

Spürnasen klären auf

„Lissy hat einen Hund!" Überrascht schaute Fritzi auf ihr Handy.
Tanja hatte ihr gerade eine Botschaft geschickt und dazu ein Foto
von einem kleinen weißen Hündchen, das sie direkt angrinste. So
ein süßes Hündchen!

Und es passte perfekt zu der blonden Lissy, die immer so super
gestylt und dennoch Fritzis Freundin war.

Als Fritzi noch die dicke Friedricke war, sie konnte sich daran noch
gut erinnern, obwohl es schon fast acht Monate her war, hatte Lissy
ihr als erste Hilfe angeboten und dazu alle Mitglieder des Clubs der
kleinen Millionäre eingespannt. Auch Fritzi gehörte inzwischen
fest zum Club, genau wie ihre zweite Freundin Tanja. Bisher hatte
nur sie einen Hund gehabt, deshalb freute sie sich sehr für Lissy.
Denn die hatte sich schon so lange einen eigenen Hund gewünscht
und kannte sich auch sehr gut aus.

Sie führte bereits seit längerem regelmäßig drei Hunde aus der
Nachbarschaft aus, um ihr Sparschwein schneller zu füllen. Hoffentlich passte der neue Hund gut zu den anderen und Lissy hätte
dann so viel Freude, wie sie mit ihrer Perla, dem Wunderhund, der
sie schon mehrfach gerettet hatte.

Zuletzt als Fritzi kurz vor den Sommerferien beim Geocaching in
einen Schacht gestürzt war. Erst hinterher erfuhr sie, dass es nicht
um eine echte Suche gegangen war, sondern um eine Falle, die ein

Tierhasser nur für sie aufgestellt hatte. Seit Fritzi gemeinsam mit Leslie im lokalen Radiosender moderierte, hatten sie sich öfter mit vernachlässigten und gequälten Tieren beschäftigen müssen.

Aber wenn die 11-jährige Fritzi ihr Talent als Tierstimmenimitatorin nutzte und die Tiere über ihre Halter lästern ließ, dann lachte die gesamte Südstadt über diese Angeber und Tierquäler, denen es nur darum ging, schnell an viel Geld zu kommen.
Einer davon wollte sich an ihr rächen, aber Perla und ihre Freunde vom Club der kleinen Millionäre hatten sie gerettet. Wie immer, wenn Fritzi an ihre Hündin dachte, schien die das zu spüren. Sie hatten einfach diesen besonderen Draht zueinander, der vieles möglich machte. Perla hob den Kopf, wie immer stand ein Ohr aufrecht, das andere war leicht geknickt. Diesen Ausdruck, als ob sie etwas schläfrig zu lächeln schien, hatte sie immer, wenn sie entspannt war. Der Kopf hätte gut zu einem Dackel gepasst, aber die Beine waren länger, deshalb konnte sie auch meist noch etwas schneller laufen, als Fritzi. Ihr braunes Fell glänzte, denn damit gab sich Fritzi auch große Mühe. Ihre Perla war einfach die Beste, auch wenn sie keinen edlen Stammbaum hatte, sondern eher viele Rassen in sich vereinte.

Im gleichen Moment, als sie darüber nachdachte, was für eine Rasse der weiße Hund wohl sein möge, erreichte sie eine Nachricht von Lissy, die sich mit ihr treffen wollte.

Fritzi bürstete schnell ihre braunen Haare zu einem Pferdeschwanz, rief nach Perla und schaute sich noch einmal prüfend in ihrem Zimmer um. Alle Aufgaben waren erledigt. Das Zimmer mit den weißen Möbeln und den Vorhängen und Kissen in blaugrün, war aufgeräumt, die Vorbereitungen für das Abendbrot hatte sie auch schon erledigt. Es reichte aus, die Auflaufform in den Ofen zu schieben, wenn ihr Vater nach Hause kam. Gut, dass sie bei Tanja und in dem Kurs bei Annie von den „Silver Girls" schon so viel gelernt hatte.

So wie sie manchmal ihr Zimmer immer noch das „neue" Zimmer nannte, erinnerte Fritzi sich auch noch gut an das schwierige Zusammenleben mit ihrer Mutter. Seitdem sie einfach verschwunden und ihr Vater von London zu ihr gezogen war, hatte ihr Leben völlig neu begonnen. Alles war anders, viel leichter und außerdem hatte sie jetzt Perla und viele Freunde.

Fritzi lächelte, ihr Vater war einfach toll! Nach ihrem letzten Abenteuer hatte er alle sechs Kinder, die an ihrer Rettungsaktion beteiligt waren, nach London eingeladen. Das waren wirklich drei aufregende Tage gewesen, an denen Fritzi ihren Freunden all das zeigen konnte, worüber sie vorher bei ihrer Englisch-Nachhilfe gesprochen hatten.

Danach gab es noch drei wunderbare Wochen bei ihrer Grandma Kate in Canterbury und jetzt lag immer noch eine lange Ferienwoche vor ihr, bevor die Schule wieder begann.

Das erinnerte sie daran, dass sie noch einen Tiersitter für Perla brauchte, wenn sie zum Unterricht ging. Leslie vom Lokalsender hatte sie gewarnt, dass ein Hundehasser unterwegs sei, der Giftköder auslegen würde. Auch in der Sendung waren bereits viele Hundehalter informiert worden.

Während Fritzi mit Perla auf dem Weg zum Treffpunkt einen kurzen Spurt einlegte, überlegte sie, die Freundin auch gleich zu warnen.

Lissy wartete bereits an der Laufstrecke, an der Fritzi zum ersten Mal erkannt hatte, dass sie sportlicher sein konnte, als ihre Freunde und die sie seither oft mit Perla lief. Neben der blonden Lissy mit den großen grünen Augen, saß ganz brav der winzig kleine, weiße Hund. Fritzi beugte sich fasziniert vor.

Seine Augen waren schokoladenbraun und er hatte ein so fröhliches Hundegrinsen, dass man einfach mit lächeln musste.

Perla schien den fremden Hund zunächst misstrauisch zu beobachten, dann hob sie ihren klugen braunen Kopf und schaute Fritzi an. So als ob sie nicht sicher wäre, was man denn mit diesem kleinen Fellknäuel anfangen sollte.

Das weiße Hündchen stand ganz still, nur sein Schwanz wedelte freudig hin und her. Dann schob es sich näher an Perla heran und nachdem sie sich ausgiebig beschnuppert hatten, schien klar, dass hier schon eine Freundschaft fürs Leben beschlossene Sache war.

Beide Mädchen schauten amüsiert zu und Lissy atmete auf.

„Puh, ich hatte ein wenig Bammel, ob sie sich verstehen würden. Aber so wie es aussieht sind Hagrid und Perla genauso gute Freunde, wie wir."

Fritzi prustete vor Lachen. „Du hast diesen Winzling Hagrid genannt, wie der Riese bei Harry Potter?"

Lissy lachte auch vergnügt. „Ich finde, das passt sehr gut. Er ist ein Bichon frisé, die bleiben auch so klein. Deshalb sollte er wenigsten einen großen Namen haben."

„Wo hast du ihn her?" Das war die Frage, die Fritzi am meisten interessierte. „Aus dem Tierheim natürlich." Lissy grinste. „Meine guten Noten haben überzeugt und die weibliche Regierung bei uns hat endlich zugestimmt. Frank, mein Vater war sowie schon immer dafür. Er ist mit mir ins Tierheim gefahren, als Hagrid zufällig gerade abgegeben wurde. Und so habe ich jetzt endlich mein süßes Hündchen. Hagrid hat sich sofort gut eingepasst, saust durch den Garten von meiner Omi, gräbt aber nichts aus. Und wenn er in meinem Fahradkörbchen sitzt, führt er sich so auf, als würde er lenken. Er ist einfach zu putzig."

„Da musst du jetzt gut auf ihn aufpassen. Es ist wieder ein Hundehasser unterwegs ist, der Giftköder auslegt. Ich habe es schon Tanja erzählt, die hätte sich am liebsten als Bodyguard für Perla angeboten, wenn sie nicht selbst so viel Angst hätte."

„Oh, nein!" Lissy war ganz blass geworden. „Was sind das nur für

Menschen, die so liebe Hündchen vergiften wollen? Gut, dass wir
noch eine Ferienwoche haben und ich auf ihn aufpassen kann.
Wenn die Schule wieder beginnt, bringe ich ihn zu Antonia, die ist
Hundesitter. Früher war sie Krankenschwester, daher kennt sie
meine Mami. Die hat sie schon gefragt und nächste Woche bringe
ich Hagrid hin, solange Unterricht ist." „Ob sie auch Perla nehmen
würde? Die beiden verstehen sich doch sehr gut und sie macht auch
kaum Arbeit."
Lissy zuckte nur die Schultern. „Keine Ahnung. Wir könnten sie
einfach fragen. Es ist ganz in der Nähe und direkt auf unserem
Schulweg." „Dann lass uns das machen, aber erst brauchen Perla
und ich noch eine Extrarunde."

Nachdem Fritzi ihre Runde beendet hatte, ohne außer Atem zu geraten, machten sich beide auf den Weg zu Antonia, die keine Probleme damit hatte, auch einen zweiten Hund zu übernehmen.
Bei dieser Frau mit den kurzgeschnittenen, fast weißen Haaren,
und dem freundlichen Gesicht, hatte Fritzi gleich ein gutes Gefühl.
Sie nahm eine Visitenkarte entgegen und versprach, dass ihr Vater
anrufen würde, um die Einzelheiten zu vereinbaren.
Antonia zeigte ihnen noch den Garten, in dem die Hunde ausreichend Platz zum Herumtollen hatte. „Ich hoffe, dass es keine Probleme geben wird", seufzte sie. „Nebenan ist ein ziemlich großer
Hund, der Herr Klein heißt und meist schlechte Laune hat. Er

knurrt und bellt manchmal pausenlos. Lasst die Hunde einfach mal laufen."

Perla und Hagrid hatten den Zaun zum Nachbargrundstück noch nicht erreicht, als sich ein riesiger Hund zähnefletschend und knurrend an den Zaun schob. „Oh, je", stöhnte Lissy, „das ist eine deutsche Dogge, die können ziemlich gefährlich werden."
Hagrid blieb schon vorsichtig witternd stehen und schaute hilfesuchen zu Lissy, während Perla unbeirrt weiter auf den Zaun zu ging. Dort angekommen, bellte sie zweimal und ging mit ihrem schmalen Kopf dicht an das Gitter, so als wollte sie dem furchterregenden Hund etwas zuflüstern.

Es sah tatsächlich so aus, als ob er zuhören würde, dann winselte er kurz auf, blieb am Zaun stehen und wedelte erfreut mit dem Schwanz. Antonia war verblüfft. „So habe ich den ja noch nie erlebt. Jetzt nehme ich eure Hunde umso lieber. Aber ich habe noch ein kleines Problem. Jeden Mittwoch am Nachmittag treffe ich mich immer mit den Krimifrauen im alten Bahnhof. Da müsstet ihr eure Hunde früher abholen."

„Das ist kein Problem", versicherte Lissy, die den Stundenplan schon kannte, „da haben wir sowieso früher Schluss."
Fritzi drückste noch ein wenig herum, fasste sich dann aber doch ein Herz. „Klären Sie da auch Verbrechen auf?" Antonia lächelte.
„Manchmal ja, wir haben schon einmal geholfen, Einbrüche aufzuklären und den Verbrecher festzunehmen. Das war echt spannend.

Aber meistens reden wir nur über unsere Lieblingskrimis. Warum fragst du?"

„Ich habe Sorge, dass unseren Hunden etwas passieren könnte. Es ist ein Hundehasser unterwegs, der vergiftete Köder auslegt. Wir passen sicher ganz toll auf, aber wenn man den finden und verhaften könnte, würde ich mich besser fühlen."

„Es gibt wirklich jede Menge Idioten auf der Welt", schimpfte Antonia. „Aber die, die einem Tier so etwas antun, das sind die Schlimmsten. Ich werde meiner Freundin Laura davon erzählen, ihre Enkelin ist Privatdetektivin. Vielleicht wissen sie, wie man das möglichst schnell aufklären könnte. Hier sind eure Hunde jedenfalls erstmal sicher."

Als Daniel Winter, Fritzis Vater, am Abend mit Antonia und anschließend auch mit der Detektivin geredet hatte, fühlte sich Fritzi wieder etwas ruhiger. Am nächsten Tag würde sie auch noch ihre Freunde vom Club der kleinen Millionäre informieren, vielleicht konnten auch Kinder etwas gegen den Hundehasser unternehmen.

Tanja Walter, die beste Freundin von Fritzi, war am Dienstag schon sehr früh unterwegs zum Treffpunkt. Sie trug vorsichtig eine Platte mit belegten Broten, die sie zuhause sorgfältig vorbereitet hatte, weil sie ihren Freunden gerne eine Freude machte. Ganz besonders Fritzi, die ihre erste echte Freundin geworden war. Sie wäre auch gerne so stark und mutig, wie Fritzi gewesen, aber leider war sie die Kleinste.

Seit sie nicht mehr bei ihrer Oma lebte, hatte sich zwar ihr Gewicht normalisiert, aber sie schleppte noch vieles mit sich herum, das ihr das Leben schwer machte. Nachdem sie die Platte mit dem Essen auf dem Gepäckträger befestigt hatte, zog sie den Fahrradhelm über ihre schwarzen Haare, die sie heute zu einem Zopf geflochten hatte und machte sich auf den Weg. Wie immer im Frühling und im Sommer würden sie sich in Sportys Baumhaus treffen.

Dieses Baumhaus hatten sie gemeinsam repariert und immer angenehmer gestaltet. Es war ihr liebster Treffpunkt, auch weil sie dort völlig ungestört waren. Nebenan war die Firma von Sportys Onkel Mats, wo Wohnungen geräumt und Autos verschrottet wurden. Sonst war weit und breit nichts, außer Wiesen und einem kleinen Wäldchen.

Tanja liebte das Baumhaus genauso sehr wie die anderen, wenn es nur nicht so hoch gewesen wäre! Man konnte es nur über eine Strickleiter erreichen und sie hatte fürchterliche Angst, abzustürzen. Sie konnte nicht nach unten schauen, ohne dass ihr schlecht geworden wäre. Beim ersten Mal hatte sie schon nach den unteren Streben völlig bewegungslos gehangen, weil sie vor Angst wie erstarrt war. Sporty hatte sie von oben beobachtet, sie aber nicht ausgelacht, wie sie befürchtete.

Er ließ sie wieder zurückkehren, weil er die Befestigung überprüfen müsse. Das hatte er zumindest behauptet. Dann war er hinter ihr nach oben geklettert, wobei sie die Augen schließen und das Seil nur tasten musste. Das sei eine Mutprobe der besonderen Art, hatte er gegrinst, als sie sicher oben anlangten.

Er war wirklich ein guter Freund. Manche Kinder lachten sie aus, wenn sie Angst vor etwas hatte und was Erwachsene manchmal machten, daran wollte sie gar nicht denken…Nicht heute!

Hier war sie in Sicherheit und bei ihren besten Freunden. Als sie zum Baumhaus kam, war die Strickleiter nicht zu sehen, deshalb rief sie nach Sporty.

„Kannst du mir helfen, ich habe Schnittchen mitgebracht!"

Das musste sie bei Sporty nicht zweimal sagen. Gelenkig wie ein Äffchen, war er im Nu so schnell unten, dass Tanja fast neidisch wurde. Ohne nervige Diskussionen, strich er seine kastanienbraunen Locken zurück, die ihm immer in die Stirn fielen und übernahm die Platte mit dem Essen, natürlich nicht ohne vorher neugierig zu schnuppern. Erst dann ließ er sie wieder vorausklettern und lächelte nur, als sie oben deutlich erleichtert aufatmete. „Das sieht gut", betonte er, nachdem er die Verpackung entfernt hatte. „Meine Matka hat uns Eistee vorbereitet." Tanja blickte ihn überrascht an. „Wer?" „Na, meine Mutter. Matka ist russisch, das gefällt mir besser. Habe ich von Oleg aus der Trainingsgruppe."

Als nächste kamen Lissy und Fritzi, die ihre Hunde im Umschlagtuch nach oben beförderten und gleich nach ihnen die blonden

Zwillinge Betty und Ben und als letzter der rothaarige Noddy. Natürlich war Hagrid die Sensation. Er schien überhaupt nicht scheu, sondern grinste alle an, als wenn sie schon ewig beste Kumpel wären. Sporty, der in diesem Sommer schon wieder gewachsen schien, beugte sich übertrieben tief nach unten. „Der ist aber klein! Darf der denn schon alleine auf die Straße?"

Lissy grinste nur. „Der ist nicht klein, er ist platzsparend. Und er passt ganz prima zu mir." Als dann Hagrid wie zur Bestätigung bellte, mussten alle lachen, bis Betty zur Ordnung rief.

„Wir haben heute unser monatliches Treffen der kleinen Millionäre. Aber ehe wir zu der Frage kommen, die einige beschäftigt, muss ich nochmal betonen, wie toll London war. Fritzi, das war eine super Idee von deinem Vater. Ich fand ja schon den Flughafen aufregend und dann erst die Stadt." „Mir gefiel *Dungeon and Dragon* am besten", rief Sporty. „Und wie ihr alle gequiekt habt!" „Wir doch nicht", widersprach Betty, „das waren andere Kinder. Aber ich kenne jemanden, der sich bei *Madame Tussauds* fürs Anrempeln entschuldigen wollte, obwohl er an eine Wachspuppe gestoßen war." „Na und", überging Sporty die Tatsache, dass es ihm mächtig peinlich gewesen war. „Meine Mutter hat mich halt höflich erzogen." „Ich wäre am liebsten bei *Libertys* geblieben", schwärmte Lissy, „diese Stoffe und die Farben." „Die fand ich auch toll", strahlte Noddy. „Aber das *London Eye* war einfach das Beste!"

„Ich fand es toll, wie viele Polizisten zu sehen waren, da konnte man sich richtig sicher fühlen", ergänzte Tanja.

„Und gut sahen sie aus, vor allem bei der Wachablösung", begann auch Betty zu schwärmen. „Und die Kronjuwelen, wenn ich davon nur den kleinsten hätte…"

„Dann brauchten wir heute nicht zu beraten", setzte Sporty fort.

„Was ist mit unserem Fonds? Er fällt! So hatte ich mir das nicht vorgestellt."

Betty lächelte verständnisvoll. „Lissy hat mich auch schon darauf angesprochen. Aber erinnert euch, als wir über die Geldanlage in Fonds gesprochen haben, sagte ich, dass es keine Garantie für ein ständiges Wachstum gibt." „Das stimmt", bestätigte Ben seine Schwester. „Wir profitieren aber von der langen Laufzeit. Bis wir mal zwanzig oder dreißig sind, kann noch viel passieren."

„Auch das ist richtig", setzte Betty fort und ließ die andern noch etwas zappeln, denn bei diesem Thema fühlte sie sich sehr sicher.

„Wenn der Fonds fällt, ist das zurzeit wirklich kein Problem, denn durch unseren Sparvertrag profitieren wir vom Cost-Average-Effekt." „Betty, du hast es wirklich drauf. Hast du bei Google nach dem schwierigsten Wort gesucht? Fritzi, du grinst. Wahrscheinlich weißt du schon wieder, was es heißt. Klär mich auf."

„Es heißt einfach Durchschnittskosten. Aber mehr weiß ich auch nicht, deshalb sollte Betty weiterreden können."

Zur Sicherheit boxte Fritzi an den Oberarm von Sporty, das hielt ihn am besten zurück.

„Durch diesen Effekt", setzte Betty fort, „gewinnen wir sogar, wenn der Kurs fällt. Weil wir eine feste Summe sparen, bekommen wir in diesem Fall mehr Anteile. Stellt euch einfach vor, der Kurs läge bei 2,50 EUR, dann bekämen wir für die 25 EUR, die wir monatlich sparen, 10 Anteile, richtig Sporty?"

Der nickte nur gespannt. „Wenn der Kurs aber gefallen ist und der Fondpreis bei 1,25 EUR liegt, dann bekommen wir 20 Anteile, die später wieder steigen können. Noch haben wir ja Zeit."

„Das ist echt cool, das verstehe ich auch ohne Taschenrechner", beeilte sich Sporty zu versichern. „Nur gut, dass wir damals die tolle Prämie für diese Einbrecherbande bekommen haben, so macht Sparen echt Spaß."

Auch Lissy schien zu diesem Fakt beruhigt und konzentrierte sich wieder auf die Sorge um ihr Hündchen.

„Wir haben gestern mit Antonia, die unsere Hunde betreuen wird, schon darüber gesprochen, dass wieder ein Verbrecher unterwegs ist, der Hunde hasst und Giftköder auslegt. Antonia gehört zu den Krimifrauen, die auch schon Fälle gelöst haben und sie wird uns helfen." Lissy hatte sich so in Rage geredet, dass ihr entgangen war, wie furchtsam Tanja zusammengezuckt war.

Fritzi setzte fort und berichtete, dass ihr Vater schon die Privatdetektivin Sophie Graf beauftragt habe, als Ben mit der Hand auf den Tisch schlug.

„Also ich verstehe euch nicht! Waren wir nicht auch schon die kleinen Detektive? Und waren wir erfolgreich?" Bis auf Tanja nickten alle. „Und sollen wir dann zuhause sitzen und warten, dass andere den Fall lösen?" „Nein, nein!" Aufgeregt schnatterten alle durcheinander, bis sich Betty Gehör verschaffte.

„Wir haben noch fast eine Woche, bis die Schule beginnt. Ich schlage vor, dass wir wieder mit Beobachtung beginnen, wie letztes Mal." „Und wo willst du beobachten, wenn du gar nicht weißt, wann diese miese Type kommt?"

Natürlich musste das von Sporty kommen, dachte Betty und sah ihren Bruder hilfesuchend an. „Ich werde eine Übersicht der Plätze anlegen", übernahm Ben, „an denen Hunde frei laufen dürfen. Wenn sie an der Leine sind, besteht kaum Gefahr, aber dort bestimmt."

„Das ist gut", stimmte Sporty zu. „Wir teilen uns auf und prüfen diese Plätze. Ich gehe mit Fritzi, denn Perla ist schlau, die findet bestimmt einen Hinweis." „Gut", setzte Ben fort. „Noddy, du gehst mit Lissy und beschützt den kleinen Hagrid. Ich gehe mit Betty und schicke euch heute Abend noch die Standorte aufs Handy. Es sind nach meiner ersten Übersicht nur 6 Plätze. Wer etwas Wichtiges erfährt, teilt es sofort mit. Danach treffen wir uns alle an der Laufstrecke und werten aus."

Dann sah er fragend hoch. „Tanja, was möchtest du machen?" Tanja, die nach Lissy die Kleinste in der Runde war, hätte sich am liebsten unsichtbar gemacht. In die Nähe von Verbrechern wollte sie auf keinen Fall geraten, nie wieder!

„Kann ich mit euch gehen?" Bittend sah sie Fritzi und Sporty an.

„Ihr habt von solchen Sachen doch viel mehr Ahnung als ich und Fritzi ist so mutig und Sporty der Stärkste."

Und so zogen am Mittwoch wieder die kleinen Detektive durch die Stadt. Überall, wo sie Hundehalter und Hundefreunde fanden, warnten sie vor der Gefahr. Leider hatte keiner etwas gesehen.

Perla schien ihr eigenes System zu haben. Sie bellte zwei Mal so laut, dass es den Kindern vorkam, als würde sie die Hunde rufen und wenn sie näher kamen, ihnen etwas mitteilen.

Sporty schüttelte ungläubig den Kopf und Fritzi lachte. „Sie hat jetzt alle informiert. Gib acht, beim nächsten Platz macht sie das bestimmt nochmal." Und genauso war es.

Als sie zur Laufstrecke kamen, sahen sie schon Bens enttäuschte Miene. „Nichts Konkretes, nur nichtssagende Feststellungen."

Tanja hatte sich an einem der Plätze mit einem kleinen Mädchen unterhalten, das ihr erzählt hatte, ein dicker Mann mit Brille, habe etwas aus einem Beutel auf die Wiese fallen lassen. Aber er hatte einen Anzug getragen und sogar einen Hut gehabt. So sahen Verbrecher bestimmt nicht aus. Also schwieg sie lieber.

„Das Beste, was wir heute geschafft haben, hat Perla gemacht."

Fritzi streichelte ihr stolz über den schmalen braunen Kopf. „Sie hat alle Hunde, die wir getroffen haben, informiert." „Das ist doch Quatsch", erboste sich Ben."Hunde haben lediglich einen Instinkt, aber doch keine Intelligenz."

„Aber es stimmt, was Fritzi sagt", beteuerte Sporty. „Es sah wirklich so aus, als ob alle auf sie hören."

„Bei uns war das auch so", lachte Lissy. „Hagrid hat gebellt und alle Hunde kamen auf uns zu."

„Ich habe mich sofort vor den Kleinen gestellt", berichtete Noddy ganz stolz. „Da waren riesig große Hunde dabei, aber sie haben auf Hagrid gehört und sind dann wieder weg gelaufen. Für mich sah es aus, wie Warnung nach einem Schneeball-System."

„Ihr spinnt doch alle. Das ist unwissenschaftlich!" „Bleib ruhig, Ben." Sporty klopfte ihm grinsend auf die Schulter. „Vielleicht hat die Wissenschaft so etwas einfach noch nicht herausgefunden, noch nicht. Aber wenn es funktioniert, umso besser."

In der Detektei von Sophie Graf wurde auch intensiv diskutiert und nachgedacht. Sophie hatte ihre Großmutter gerade gründlich instruiert. Laura half an zwei Tagen in der Woche in der Detektei aus, brannte aber eher darauf, selbst zu ermitteln. Immerhin hatte sie mit ihren Krimifrauen, wesentlich zur Festnahme des Schmuckräubers Giersch beigetragen.

Heute würde sie die Frauen wie immer, im Café *Schokohimmel* im alten Bahnhof treffen und auf die Spur setzen. Wie erwartet schlugen die Wellen der Empörung hoch. Jede der Frauen hatte schon mal einen Hund besessen oder kannte ein besonders liebenswertes oder putziges Exemplar. Laura lächelte zufrieden darüber, wie ihre Information aufgenommen wurde. Dieser Verbrecher würde es mit geballter Frauen-Power zu tun bekommen und die hätte der Abschaum auch verdient.

Antonia meldete sich in die allgemeine Empörung hinein. „Ich habe ab nächste Woche zwei neue Hunde zur Betreuung, solange die Kinder in der Schule sind. Sie haben mir gestern schon von dem Hundehasser erzählt, deshalb habe ich dem Vater, Sophie empfohlen. Das sind sehr gewitzte Kinder, die schon mal eine jugendliche Einbrecherbande gestellt haben. Wir sollten uns mit ihnen austauschen.“

„Sehr gute Idee“, lobte Laura. „Könntest du den Kontakt halten, du bist ja direkt an der Quelle?“

„Wie gehen wir denn vor?“ Claire, die früher ein Reisebüro geleitet hatte, klang etwas ungeduldig. „Ich finde, wir sollten es genauso machen, wie letztes Mal, als ihr mir alle geholfen habt.“ Luisa war immer noch glücklich darüber, ihre Lieblingsstücke zurück zu haben. „Wir sollten unsere 5 Ws besprechen und jedes bisschen an Information zusammentragen, das wir finden können. Irgendjemand muss doch den Mistkerl gesehen haben.“

Laura brauchte nicht weiter zu reden, denn Christiane, die ehemalige Lehrerin, sortierte schon die Karten und hielt dann sowohl das

Wer als auch das *Warum* hoch. „In diesem Fall kann man die beiden nicht trennen."

„Möglicherweise ist es ganz einfach", grinste Claire. „Wahrscheinlich hat er seine Frau vor die Wahl gestellt: Der Hund oder ich! Und die Frau hat den Hund genommen."

In das Gelächter hinein überlegte Antonia. „Vielleicht hat er einfach Angst vor Hunden, weil er schon mal gebissen wurde."

Emilia, die frühere Psychologie-Dozentin, schüttelte vehement den Kopf. „Das reicht nicht aus für diesen Hass, der sich ja gegen alle Hunde richtet. Da muss vieles vorgefallen sein und wahrscheinlich ein tief sitzendes Vater-Problem."

Bevor Laura die Augen verdrehen konnte, hielt Christiane die Karten *Was* und *Wie* nach oben.

„Auch das gehört zusammen", stellte Laura fest. „Soweit wir wissen, benutzt er Rattengift, das er auf Fleischstücke aufbringt. Wo kauft er diese Sachen ein?" Sie sah noch fragend in die Runde, als sich Stella räusperte. „Das Gift kann er auch im Internet bestellt haben." „Gut möglich." Claire beugte sich vor. „Dann müssen wir die Postzusteller befragen."

Nachdem keine weitere Meinung folgte, zeigte Christiane das Schild *Wann*. „Das ist die schwierigste Frage", erläuterte Laura. „Sophie hat heute früh mit Felix telefoniert. Die beiden sind übrigens jetzt fest zusammen. Er sagt, die Polizeistreifen würden regelmäßig abends die Hundelaufplätze kontrollieren, aber da ist alles sauber. Wir wissen allerdings auch nicht, wie schnell das Gift wirkt." „Also bleibt immer noch nachts, morgens und vormittags." Luisa zuckte ratlos mit den Schultern. „Wie sollen wir das beobachten?" „Wir können daraus auf jeden Fall etwas anderes schließen", lächelte Laura. „Das kann keiner sein, der pünktlich um 8.00 Uhr in einer Werkhalle oder einem Laden steht. Das ist jemand, der nachts arbeitet oder seine Zeit einteilen kann. Lasst uns alles zusammentragen, was wir finden. Wie immer per Mail an mich, Dringendes über Whats app, das hat mir Sophie eingerichtet."

Am Donnerstag brannte in Sophies Detektei die Luft. Ständig kamen neue Puzzleteilchen für den Fall zusammen, von den Krimifrauen, aber auch von den Kindern. Erstaunlicherweise gab es keine neuen Vergiftungsfälle. Ob der Hundehasser aufgegeben hat? Sophie überlegte noch, als Oma Laura am Nachmittag hereinstürzte und triumphierend ein Blatt auf den Schreibtisch fallen ließ. „Wir haben sie, Sophie-Schatz, allerdings sind es zwei. Wir haben Postzusteller, Drogerien, Kammerjäger und ähnliches abgeklappert. Es gibt nur zwei Männer, die größere Mengen Rattengift gekauft haben. Einer hat erzählt, er saniert ein altes Haus, unter dem Kanäle verlaufen, und dort sollen Ratten in Massen hausen. Der zweite hat sich fürchterlich aufgeregt, weil das Paket beschädigt war, nur deshalb hat die Zustellerin überhaupt das Gift gesehen." „Super, Omi, dann brauchen wir ein bisschen Klatsch aus der

Nachbarschaft." Laura tippte salutierend an die Schläfe. „Wird sofort erledigt."

Sophie überlegte, welches Ausschlussverfahren ihr am schnellsten weiterhelfen würde. Sie hatte Felix gebeten nachzusehen, wer sich über Hunde beschwert oder Hundehalter angezeigt hatte. Aber da sie noch nicht die Namen der Verdächtigen hatte, brachte das nichts.

Währenddessen kontrollierten die kleinen Detektive wieder die Auslaufplätze. Da Sporty an einem Radrennen teilnahm, gingen Fritzi und Tanja gemeinsam. Fritzi fiel sofort auf, dass sich Tanja, ohne Sporty als Beschützer, nicht sicher fühlte. „Wieso hast du so viel Angst? Wir haben Perla bei uns, niemand kann dir etwas tun." Tanja ging lange schweigend neben Fritzi her, fasste sich dann aber doch ein Herz. „Ich habe nur Angst vor Verbrechern, sonst nicht." „Aber wieso?" Tanja ließ sich auf eine Bank fallen. „Du weißt doch, dass ich früher bei meiner Oma gelebt habe, als meine Mutti so lange krank war. Meine Oma hatte noch einen Sohn, Muttis Halbbruder, der inzwischen schon tot ist. Und das war ein richtiger Verbrecher. Er und seine Leute haben Sachen geklaut und in Omas Haus gelagert, ohne dass sie es wusste. Ich habe sie gesehen, aber sie haben gesagt, dass sie meine Mutti umbringen, wenn ich sie verrate. Und jetzt habe ich solche Angst, dass dieser Verbrecher auch so etwas machen könnte."

Tanja schluchzte so verzweifelt, dass ihr Perla winselnd den Kopf auf die Knie legte und Fritzi die Freundin umarmte. "Das wird auf keinen Fall passieren. Der wird eher vor uns oder Perla Angst haben. Aber ich zeige dir einen tollen Trick, wie du mutiger werden kannst. Das habe ich bei Frau Herz, Lissys Oma, in der Therapie gelernt. Die Übung heißt Rapid Relaxer und gehört zur Mentalfeldtechnik, hat Frau Herz gesagt." Geduldig zeigte sie ihrer Freundin die Punkte zum Klopfen und freute sich, als diese erleichtert aufseufzte.

Dann griff sie zu ihrem Handy, das gerade eine Nachricht angekündigt hatte. „Super, Sophie teilt mit, dass sie schon zwei Verdächtige haben. Einer könnte ziemlich dick sein." „Oh, je!" Tanja stotterte fast vor Verlegenheit.

„Auf dem ersten Platz hat mir ein Mädchen erzählt, dass dort am Vormittag ein dicker Mann etwas aus seinem Beutel auf die Wiese hat fallen lassen. Er trug einen Anzug und einen Hut und hatte eine Brille. Ich dachte, so einer könnte kein Verbrecher sein, die sahen so anders aus." Fritzi grinste nur. „Wenn es so einfach wäre, dann brauchten wir keine Polizei und auch keine Detektive. Ich gebe die Info gleich weiter, noch ist es nicht zu spät."

Am Freitag verdichteten sich die Indizien immer mehr. Nach Tanjas Hinweis schied der erste Verdächtige, der dünn wie eine Bohnenstange war, schon aus. Außerdem hatte er selbst einen Hund.

Nachdem Emilia mit der Nachbarin des zweiten gesprochen hatte, war offensichtlich, dass sie den Richtigen im Visier hatten. Claudius Rothe, ein nach außen hin gut situierter, selbständiger Steuerberater, der erst kürzlich geschieden wurde, war im Haus sehr unbeliebt, hatte ihr die freundliche alte Dame erzählt. „Er wäre einer, der sich ständig beschwert, vor allem wegen der Haustiere. Und das Beste ist, seine Frau hatte einen Hund und hat ihn auch mitgenommen", lachte Emilia am Telefon. „Da hatte Claire den richtigen Riecher."

Als Stella beim Einkaufen in der Fleischerei in der Nähe von Rothes Wohnung mit der Verkäuferin sprach, war die gerne bereit, sich über den unhöflichen Kunden auszulassen, der sonst alles genauestens abwiegen ließ, aber plötzlich große Fleischstücken verlangte. Zufällig hatte der Verdächtige genau in diesem Moment den Laden betreten. Stella musste sich blitzschnell zurückziehen, konnte ihn aber clever noch draußen fotografieren. Leider nur von der Seite, aber das musste zunächst reichen.

„Damit ist die Sache klar", fasste Ben für die kleinen Detektive zusammen. „Wir wissen, wer es ist, ihr habt alle das Foto, aber beweisen können wir es nicht, noch nicht."

„Wenn wir vormittags die Auslaufplätze kontrollieren, ertappen wir ihn garantiert", schlug Sporty vor.

„Aber", wandte Tanja ein, „wie sollen wir ihn denn festhalten, der ist doch stärker als wir." „Wir brauchten Seile oder ein Lasso, dann kriegen wir ihn." Ben war schon ganz begeistert, bis ihn seine Schwester wieder stoppte. „Siehst du hier vielleicht irgendwelche Cowboys mit Pferden? Dann vergiss das Lasso." „Aber viele Kleine können einen Großen auch umhauen. Bei *Die Nacht im Museum* war das auch so. Das geht!", rief Lissy. „Denkt an *Gullivers Reisen ins Land Liliput*. Das war die gleiche Taktik", unterstützte sie Noddy. „Nur brauchen wir dann ein schnelleres Informationssystem. Es muss reichen, einen Button auf dem Handy zu drücken und die anderen kommen zu Hilfe." „Und dann rufe ich die 110. Meine Tante Charly sitzt jetzt in der Notrufzentrale. Die schickt sofort die Kavallerie!" Sporty sah schon das erfolgreiche Ende dieses Falles vor sich.

Am Samstag waren die sieben kleinen Detektive und die sieben Krimifrauen gemeinsam im Einsatz, weil alle nur denkbaren Auslaufplätze gleichzeitig überwacht werden sollten. Sophie koordinierte die Maßnahmen und hielt Kontakt zu Felix und den anderen Polizisten. Irgendwie hatten alle das Gefühl, dass heute etwas Entscheidendes passieren würde. Sporty, der mit Oma Laura unterwegs war, hatte vorsorglich sein Fahrrad mitgebracht, falls ein Blitzeinsatz erforderlich werden sollte. Für Tanja und Claire blieb zum Schluss nur noch die Wiese an der Laufstrecke, aber keiner erwartete ernsthaft, dass er dort auftauchen würde.
Die beiden vertrieben sich die Zeit, indem sie über Kochrezepte

redeten. Claire war weit gereist und Tanja, die später Köchin werden wollte, lauschte fasziniert den Beschreibungen der Rezepte und der exotischen Zutaten.

Sie wurden erst aufmerksam, als sich ein älterer, korpulenter Mann mit einer Tasche näherte, der den Blick starr auf den Boden richtete. War er das? Beiden stockte der Atem.

„Bleib ganz ruhig", zischte Claire Tanja zu. „Wir müssen völlig harmlos aussehen, so als gehörten wir hierher."

Der Mann schenkte ihnen keinerlei Beachtung und ging langsam vorbei. Claire stand lautlos auf und flüsterte Tanja ins Ohr. „Du bleibst hier. Ich folge ihm und versuche zu fotografieren."

„Sollten wir nicht die anderen rufen?" Tanja flüsterte noch leiser.

„Lass mich erstmal was überprüfen." Mit diesen Worten verschwand Claire geduckt im Gebüsch.

Erst jetzt wurde Tanja bewusst, dass sie ganz alleine war und schon fing ihr Herz an, lauter zu pochen. Aber dann erinnerte sie sich an Fritzis Tipp und nachdem sie geklopft hatte, wurde sie ruhiger.

Fast begann ihr ein wenig langweilig zu werden, als sie ein schweres Schnaufen hörte. Sofort kroch sie in ein ziemlich ausladendes Gebüsch. Ein dicker Mann stapfte den Weg entlang und hielt dann an der Seite der Wiese an, die zum Wald zeigte. Tanja blieb fast das Herz stehen, sie brauchte keinen Vergleich mit dem Foto auf ihrem Handy. Das war der Verbrecher! Er sah sich prüfend um und und ließ dann große Fleischbrocken auf den Boden fallen.

Tanja fotografierte ihn dabei mit zitternden Fingern und drückte dann den SOS-Button. Irgendwie musste sie ihn dabei gespiegelt haben, denn er wandte sich dem Gebüsch zu. Was jetzt?

Tanja dachte daran, wie tapfer Fritzi immer war und bemühte sich ruhiger zu werden. Wenn der dicke Mann jetzt das Handy finden würde, dann könnte sie doch niemals beweisen, dass er der Verbrecher war und die Hunde wären immer noch in Gefahr.

Schnell versteckte sie ihr Handy in der Höhlung unter einem großen Stein. Gerade als sie noch trockenes Gras zum Schutz davorschob, wurde sie brutal aus dem Gebüsch gezerrt.

Wütend funkelte sie der dicke Mann an. „Was machst du hier? Hast du mich beobachtet? Oder hast du mich fotografiert, wo ist dein Handy?"

Tanja zitterte wirklich vor Angst und auch das Stottern musste sie nicht vortäuschen. „Ich, ich habe noch keins."

„Wie heißt du?" Der dicke Mann schüttelte sie heftig und brüllte noch lauter. Er war schon krebsrot im Gesicht, als Tanja ihren Namen flüsterte. „Wenn du das, was du gesehen hast, jemandem verrätst, finde ich dich und bringe dich und deine Eltern um! Hast du das verstanden?"

Als Tanja verängstigt nickte, wie damals bei den Verbrechern auch, drehte sich der Mann um und ging einfach. Tanja konnte es nicht fassen. Der wollte einfach gehen, jetzt ist aber Schluss! Auf einmal spürte sie eine solche Wut auf diesen Mann und auf alle, die Kindern Angst machen. „Sie bleiben hier! Und sie werden keine Hunde mehr vergiften, das lasse ich nicht zu!"

Sie war selbst darüber erschrocken, wie laut und kräftig ihre Stimme klang, aber der Mann zuckte nur mit der Schulter und wollte verschwinden. Nein! Jetzt musste sie handeln. Sie stürzte sich auf ihn und klammerte sich an seinem Bein fest. Er schleppte sie einige Schritte mit sich und hob dann die Hand, um nach ihr zu schlagen. In dem Moment raste Sporty mit seinem Rennrad quer über die Wiese und fuhr dem Verbrecher so hart gegen den Bauch, dass er auf den Rücken fiel und wie ein Mistkäfer mit den Beinen zappelte. Tanja krabbelte schnell zur Seite und stellte sich hinter Sporty. Jetzt trafen auch alle anderen ein, die Kinder, die Krimifrauen und Felix und Sophie auf einem Motorrad.

Sobald der Mann die Uniform sah, erhob er sich erstaunlich schnell. „Wachtmeister, ich werde hier angegriffen. Ich bin ein unbescholtener Bürger und verlange Polizeischutz!" „Was haben Sie eigentlich hier gemacht?" Felix hielt sich etwas zurück, weil der Polizeiwagen noch weiter zurücklag, erst dann konnte der Zugriff erfolgen. „Ich bin hier nur spazieren gegangen, als sich diese Kinder wie die Furien auf mich gestürzt haben."

„Das stimmt nicht!" Tanja hatte inzwischen ihr Smartphone zurückgeholt und zeigte Felix die Fotos. „Er will die Hunde vergiften.

Dort am Wald hat er Fleischbrocken hingeworfen." Auf einen
Wink von Sophie sicherten Oma Laura und Luisa sofort die Be-
weisstücke in Beuteln.

„Das können Sie mir niemals nachweisen. Das Kind lügt und das
Fleisch kann sonst wer hingeworfen haben. Das sind haltlose Un-
terstellungen, ich werde Sie alle verklagen."

Felix und Sophie sahen sich etwas ratlos an. Konnte sich dieser
Hundehasser so einfach der Strafe entziehen?

Gerade als Claudius Rothe tatsächlich im Begriff war, einfach zu
gehen, bellte Perla mehrfach und sehr laut. Hagrid fiel sofort ein.
Rothe zuckte zusammen und versuchte sich in Richtung Wald zurück zu ziehen.

Da erschienen plötzlich aus allen Richtungen Hunde. Einige trugen
noch ihre Hundeleine und zogen ihre Besitzer hinter sich her, andere wie Herr Klein, die deutsche Dogge, waren vermutlich über
Zäune gesprungen.

Jetzt bellte Perla wieder zweimal und eine gespenstische Ruhe trat
ein. Auch die Menschen wurden still, so verblüfft waren sie über
das Geschehen. Die Hunde bellten jetzt nicht mehr, aber sie rückten
schrittweise im Halbkreis auf den Hundehasser zu. Rothe brach der
Schweiß aus, als er sich dieser schweigenden Armee gegenüber
sah. „Machen Sie endlich was, nehmen Sie die Hunde weg!"

Als Felix eingreifen wollte, hielt ihn Oma Laura zurück. „Jetzt
kriegst du gleich das Geständnis, das du brauchst", flüsterte sie.

Die Hunde rückten weiter vor und Rothe wurde immer fahriger und begann zu jammern.

„Geht weg! Ich hasse Hunde, ich hasse euch alle! Ich hätte noch mehr Hunde vergiften sollen! Jedem sind Hunde wichtiger als ich, meiner Frau, meinem Vater. Immer werden Hunde vorgezogen! Ich hasse euch alle! Ich werde nie aufhören, bis alle Hunde tot sind!"

Die Umstehenden waren nach diesem Ausbruch wie erstarrt.

„Manche Menschen sind wirklich echte Schätze, man möchte sie am liebsten gleich wieder vergraben", raunte Oma Laura den anderen zu.

Rothe schien sich beruhigt zu haben, er wimmerte nur noch vor sich hin. Dann aber richtete er sich wieder auf und funkelte alle wütend an. „Ich werde weiter Hunde töten und wenn ich sie mit eigenen Händen erwürgen muss! Euch beide ganz bestimmt!"

Mit hasserfülltem Blick fixierte er Perla und Hagrid und stürzte plötzlich nach vorne, um sie zu schnappen, aber das drohende Knurren eines riesigen Hundes, mit gefletschten Zähnen vor seinem Gesicht, ließ ihn zurücktaumeln. „Herr Klein hat unsere Hunde beschützt, super!"Auch Lissy flüsterte nur in dieser sonderbaren Stille.

Als Felix und seine Kollegen nach vorne traten, öffneten die Hunde nur eine schmale Gasse und zogen sich erst zurück, als die Handschellen an dem sich heftig wehrenden Rothe klickten. „Was passiert jetzt mit ihm?" Oma Laura sah dem Hundehasser hinterher.

„Das kommt auf den Richter an", flüsterte Sophie. „Auf jeden Fall gibt es ein saftiges Bußgeld, aber wie der sich aufgeführt hat, tippe ich eher auf die Psychiatrie."

In dem allgemeinen Aufatmen klatschten sich die Kinder und die Krimifrauen gerade ab, als Claire zurückkam. Als sie hörte, was sie verpasst hatte, umarmte sie Tanja erschüttert. „Es tut mir so leid, Schätzchen, dass ich dich ausgerechnet jetzt alleine gelassen hatte."

„Aber so hatte sie die Gelegenheit unsere Heldin zu werden. Super-Tanja!" Sporty hielt ihren Arm nach oben und alle klatschten.

„Und wo warst du, Claire?" Laura klang etwas enttäuscht. „Ich habe den falschen, dicken Mann verfolgt. Es war nur ein Großvater, der die Brille gesucht hat, die sein Enkel gestern beim Laufen verloren hat. Und wegen so etwas habe ich den Show-down verpasst."

Natürlich bekamen Perla und Hagrid viele Sonder-Streicheleinheiten und die Würstchen, die sie besonders liebten.

Am Nachmittag trafen sich alle zu einer Siegesfeier im Café *Schokohimmel* im alten Bahnhof. Die Inhaberin Letty hatte die gesamte Terrasse gedeckt und mit Hundebildern geschmückt.

Alle Krimifrauen, Sophie, Felix und die kleinen Detektive mit Anhang, waren von Daniel Winter, Fritzis Vater und Johanna Herz, Lissys Oma, eingeladen worden, den glücklichen Ausgang einer Ermittlung zu feiern, die für alle eine Herzenssache war.

Mit den Kuchen hatte sich Letty wieder selbst übertroffen, sie schmeckten wirklich himmlisch. Genauso wie das Eis, auf das sich die Kinder als erstes stürzten.

Später saßen sie am Rand der Terrasse, die fast bis zum See reichte, müde, aber sehr zufrieden. Tanja streichelte abwechselnd Perla und Hagrid. „Ich werde mir auch einen kleinen Hund wünschen, jetzt kann ich ihn doch beschützen." „Wir können bei uns leider keinen Hund haben", seufzte Betty. „Aber wir könnten Oma Christiane überzeugen, dann hätten wir ihn wenigstens in den Ferien", lachte Ben. „Und du, Noddy?" Der grinste nur. „Vielleicht baue ich mir einen elektronischen, gleich mit Navi." Alle lachten.

„Und du Sporty?" Tanja lächelte ihren Retter schüchtern an. „Ich wünsche mir keinen Hund mehr, denn ich bekomme Perla geschenkt und eine Schwester dazu." Grinsend legte er den Arm um Fritzis Schulter und genoss die fragenden Blicke der anderen sichtlich. „Wir haben sie erwischt! Fritzis Dad und meine Matka haben sich geküsst, richtig wie im Fernsehen."
Und Fritzi grinste genauso erfreut zurück. „Und nicht nur einmal. Wie peinlich!"

- Ende -

Von der Autorin sind im BoD-Verlag bereits erschienen:

- Der Club der kleinen Millionäre
  Coole Kids und der clevere Umgang mit Geld

- Die dicke Friederike
  Von Pfunden, Freundschaft und Hunden

- Immer wieder aufstehen!
  Kurzgeschichten zum Mut machen

- Die Silver Girls
  65 – Na und!

- Das Monster im Schrank
  Wenn Kinder Angst haben

- Das gibt es doch nicht!
  Unmögliche und fantastische Geschichten 1

- Das ist wirklich das Allerletzte!
  Unmögliche und fantastische Geschichten 2